KB213316

空에 대한 단상들

종 림

空에 대한 단상들

만인사

사진 이춘호

자서

나이가 들었나.
치닫기면 하다가 돌아보는 시간이 되었으니
밥값은 한 걸까. 하나의 선을 그었으니
공집합이라는 장에
대각선, 소실점이라는 점을 찍었으니
어떤 그림을 그릴 수 있을까
무한까지 이를 수 있을까
선은 어떤 소리를 낼 수 있을까
하늘에서 울려오는 소리일까
아니면 이매망량의 웅얼거림 정도일까.
아무튼 무대가 주어졌으니
노래 따라 춤을 춰야지.
어떻게 움직일까
산다는 것…….

차
례

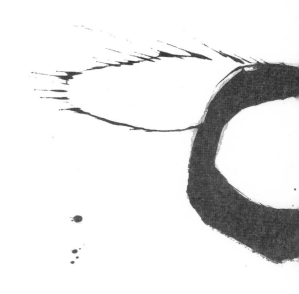

9

0과 1

안의라는 말

박진형

　구름 베고 누워 반가사유하는 종림 스님 마음 한 자락 베어다 용추냇가에 듬성듬성 돌다리 놓는다 지난 장마비에 두서넛 떠내려 보낸 징검돌 건너다가 안의라는 말에 걸려 퐁당 물에 빠진다 어렵사리 천축에서 구해온 패엽경 겹겹 쌓아둔 考般齋* 바닥에 아무렇게나 놓아둔 먹오디빛 표지에 백발로 뽑아둔 奪還** 내 서른 다섯살 밥벌이하던 출판사 삐걱이는 나무계단 오르면 쥐오줌내 퀴퀴한 이층 편집실 있다 9P 활자 촘촘 박힌 오케이 교정지 '묵은 신들은 다 가시고 새로운 신들은 아직 나타나지 않았으니 장차 이 조국 어디로 가려는가, 삭막하고 요요하기 그지없구나'*** 신채호도, 박열도, 감옥에서 죽은 스물세살의 金子文子도, 햇살 고운 용추사 봄날****의 하기락도 손때 묻은 4×6판 책 속에 희미하게 남아 있다

*안의면 장자동길 99번지에 있는 책박물관
**『탈환』, 하기락, 형설출판사, 1985.
***위의 책 후기에서 빌려옴
****1946년 4월 20일~23일에 경상남도 안의 용추사에서 전국아나키스트대회가 열렸다.

1에서 시작하지 말고 0에서 시작해라.

1에서 시작한다면 살아도 죽은 송장이다.

0에서 시작한다면 1도 살고, 2도 살고, 3도 산다.

01, 02, 03……

이 글은 네팔의 포카라에 머물 때 쓴 글이다.

포카라는 머물고 싶은 곳 중의 하나다.

안나푸르나도 있고 페와호도 있고, 바라히섬의 힌두사원도 있다.

그런데 내가 문제 삼고 있는 것은 유와 무인데, 왜 0과 1이라는

생각이 튀어나왔을까. 아마도 유와 무의 사이에 있는 공의 위치가

무도 될 수 있고 유도 될 수 있는 조금은 어중간한 입장이라는

느낌 때문이었던 것 같다.

출가하기 전에 마지막 본 책이 사르트르의 『존재와 무』였다.

그러나 기억나는 것은 하나도 없다.

글자만 봤던 것 같다.

무화無化라는 개념 하나는 생각이 난다. 화化라는 개념은

지금도 좋아하는 것 중의 하나다. 화라는 말은 노장적인 개념이다.

무화, 물화, 신화, 내화, 외화 등등. 무엇 무엇이 되다

변화하다라는 의미는 들루즈와 카타리의 되기 아니면

생성이라는 개념까지도 이어질 수 있다.

그 전까지 하던 일은 헤겔의 정신현상학이었다.

나는 나 자신을 신의 실패작이라고 생각했다.

세상에 맞는 구석이 하나도 없는……

절대정신이 현현하여 나타나는 마음의 지도를 그릴 수 있다면

나같이 방황하는 인간들이 쉽게 길을 찾을 수 있을 것이라는

기대에서였다. 그러나 지도의 그림이 그려지면 그려질수록,

확대되면 확대될수록 빈 구석이 더 많아진다.

따라서 고민도 갈등도 더 많아질 수밖에 없다.

그래서 출가할 수밖에 없었는지도 모른다.

하고 싶은 일들 중의 하나,

만일 공의 입장이 있다면, 나를 공의 위치에 두고

세계를 쳐다보고 세계와 사건을 해석해보는 것이었다.

유와 무는 대對가 되는 것일까?

있다와 없다는 무슨 의미일까? 없다는 없다고 치고, 있다는

어떻게 있는 것일까. 있는 것은 있고 없는 것은 없다.

너무 간단한데 괜히 복잡하게 만드는 것이 아닌지 모르겠다.

일반적으로 있다 할 때의 있다라는 말은 무엇 무엇이 있다라는
무엇 무엇을 지칭한다. 있다와 있는 것으로 나누는 것은
의미가 있을까. 우리들이 살고 있는 세계는 유의 영역이다.
있는 것들과의 관계 속에서 삶을 영위하고 있는 것이다.
그러나 사는데 계속 문제가 발생한다.
이렇게 있는 것이라고 생각했던 것들이 변화하여 다른
것들이 되고 있던 것들이 사라지고 새로운 것들이 나타난다.
무적인 것의 개입이다. 이러한 무와의 관계를 어떻게 설정하느냐에
따라 삶의 태도나 세계를 보는 시각이 달라진다.
무의 개입 정도는 무시해도 일상의 삶을 유지하는 데는
크게 문제가 되지 않는다. 신이 주사위놀음을 했을 리는 없으니까.
신의 뜻을 알기만 하면 된다.
어떻게 아느냐가 문제이긴 하지만. 말이 사물을 지칭한다면,
말의 개념을 확실히 하고 논리적으로 합리적인 구성을 한다면
세계가 정리될 수 있을 것이라고 기대하는 것이다.

언어나 논리의 실증주의자들이다.
과학적인 입장도 이 중의 하나다.
과학에도 변수야 있기는 있지만 상수를 기반으로 변수가 풀려나간다.
이 상수들 위에 기능이나 기술이 세워진다.
옳다, 그르다의 문제보다 가능한가 가능하지 않는가가 문제다.
삶의 의미 따위는 끼어들 여지가 없다.
하이데거는 있다와 있는 것을 존재와 존재자로 구별한다.

여기서 말하는 존재는 있는 것으로서의 존재자가 아닌 없는
것으로의 무다. 문제는 있는 것으로서의 존재자들이 존재를
망각했다는 것이다. 그래서 기술이나 공작사회로부터 벗어나는 길은
존재의 속삭임을 무의 소리를 귀 기울여 들어야 한다는 것이다.
불교에서는 존재하는 모든 것은 연기적인 존재라고 한다.
연기적이란 불변의 실체로서의 존재가 아니라는 것이다.
불교 이전에 인도에서는 유신론적인 창조설이나
유물론적인 적취설이 있었다. 연기는 신적인 실체도,
물질적인 실체도 아니라는 것으로 해석된다.
또 연기를 인과로 해석하기도 하는데 이것 역시 실체론적인 사고다.
오히려 연과 연의 관계, 조건과 조건의 결합으로 보는 것이
무난하다. 연기적인 존재는 실체가 아닌 것으로 있는 것,
가합, 합성된 존재, 환幻과 같은 존재로 지칭된다.
꿈과 같고 아지랑이와 같은…….

세계는 무상하다.
잠시도 쉬지 않는구나!
피곤하다.
쉴 곳, 상수, 정지점을 찾게 된다.
사물은 변화해도 변하지 않는 뭔가가 있을 거야. 불성일까?
그래서 변하지 않는 법을 추구하기 시작한다.
사물의 영역을 구분하고 법의 개념들을 정리한다.
부파불교가 가졌던 태도들이다.

아무리 세계를 분류하고 정리해도 문제는 사라지지 않는다.

이런 것들의 반발로, 아니다. 아닌 것들을 더 밀고 나간다.

아냐, 그런 개념들은 성립이 안돼. 그런 태도로는 문제가

해결되지 않아. 이러한 입장이 반야부 계통의 태도였던 것 같다.

먼 길을 돌아왔다. 공적인 입장의 탄생에 대한 배경이었다.

공! 너 누구야? 몰라라고 밖에 대답할 수 없을 것 같다.

연기의 후예인 것은 맞는 것 같고, 아닌 것의 이름정도일까.

공은 있다와 없다, 이다와 아니다라는 개념이 없는 영역이다.

개념이 아닌 개념일까. 내어놓자마자 오해와 비난이 쏟아진다.

그래서 용수가 독살 당했는지도 모른다.

아니다, 없다, 그래서 어찌하라고.

비었다!

신도 없고 법도 없다고. 그럼 막 살아도 되는 거야?

아무튼 공에 대한 오해는 지금까지도 계속되고 있다.

도가적인 영향도 있었겠지만

한역의 불전에서는 공이 무나 허로 번역되었다.

무는 초월의 세계일까. 유의 입장에서 본다면 있는 것이 아닌

초월의 세계이다. 그래서 칼루파 하나는 공을 초월의 신적인

세계의 문을 열었다고 비판하다.

대승불교의 유신론적인 태도를 말하는 것이다. 원시불교의

경험론적이고 인식론적 입장에서 본다면 일리 있는 지적이다.

그리고 유와 무의 이원론적인 입장이 문제될 수도 있다.

공이 무의 영역에 편입됨으로써 무는 유의 근거로서의 역할을

담당하게 된다. 때문에 유와 무를 연결할 수 있는 다리가 필요해진다.

그런데 어째 다리가 시원하지 않다. 본성론으로 돌아가는 것일까.

또 공이라는 말이 명사적인 용법으로 사용되면 문제가 발생한다.

무엇 무엇인 것이라고 할 때는 있는 어떤 것, 유가 된다.

말이 가지는 개념의 문제이다. 없는 개념을 만들어낼 수밖에 없다.

허황해진다. 차라리 공한 무엇 무엇이라고 하는 형용사나

무엇 무엇이 공하다는 술어적인 용법으로 사용된다면 많은

문제가 해소될 수 있다.

그래서 티베트에서는 공이 아니라 공성이라는 말을 쓰기도 한다.

아무튼 공이라는 말은 추상적인 개념이다. 무엇 무엇이라고 하는

내용이 없는 말이다.

조금은 구체적으로 지칭할 수 있고 위치만이라도 자리 지울 수

있다면 접근하기가 훨씬 쉬워질 수 있을 것이라고 생각된다.

이제야 유와 무의 사이에 선을 그을 수 있을 것 같다.

불변의 실체로서의 유, 실체가 아닌 것으로 있는 것,

불不이나 비非라는 아닌 것으로 존재하는 영역이다.

공으로서의 존재, 공의 영역은 무의 영역일까 유의 영역일까.

아니면 유도 아니고, 무도 아닌 영역일까.

무로서의 세계는 초월의 세계다.

무의 무, 절대무라는 세계도 있는 걸까. 유와 무의 사이에

비非와 공의 영역을 설정할 수 있을 것이다.

공은 무의 영역도 있고 유의 영역도 있다. 아니면 유도 아니고

무도 아닐까. 만일에 유와 무 사이의 선이 아니라, 있는 것의

구성적인 입장과 무의 신적인 초월의 입장으로 나눈다면
공은 어디에 위치할까. 초월도 아니고 구성도 아닌
경계선에 확실히 위치시킬 수 있을 것이다.
그래서 0과 1이라는 생각이 나왔는지도 모른다.
0은 너무 재미있는 개념이다.
0은 수이기도 하고 수가 아니기도 하다.
수가 아니지만 자리가 있다.
0은 무한과 동격이고, 0은 모든 것이다.
공집합은 더 재미있다. 공집합은 집합론에서 수의 집합개념과는
완전히 다르다. 공집합에서 0이 10이면 0도 되고, 10도 된다.
아니 11도 된다. 하나가 더 붙는다. 나머지가 있다.
이 나머지가 자유의 영역이고, 창조의 장場이 되는 것이 아닐까 한다.
공집합을 유와 무의 사이가 아니라, 공을 구성과 초월의 경계선에
위치시킨다면 많은 문제가 해결될 수 있을 것 같다.
구성주의는 지상에서 바벨탑을 쌓아 하늘에 이르기를 바란다면,
초월주의는 하늘의 신이 지상에 강림하기를 기다리는 것과 같다.
문제는 있는 것을 아무리 잘 구성해도 빈 구석이 있고
초월의 세계에 구원을 기다리는 것도 한계가 있다.
구성주의도 아니고 초월주의도 아닌, 무로 넘어 가지도 않고
유에 편입되지도 않고 0과 1의 사이에 선을 그을 수 있는 것이
공이라는 개념이 아닐까 한다.

0.5라는 존재

뻐꾸기 경전

박진형

진주 남강 그 어디쯤 연꽃 위에 터 잡은 종각 한 채 안의 뒷산에 옮겨다 동서남북 바람벽 두르고 돋을새김한 千年之藏 현판 새로 달았다 텅 빈 꽃자리 바다 건너 남선사에 오래 감춰둔 초조대장경 빌려다 새로 모셔 두었다

눈 밝은 뻐꾸기가 그걸 알고는 수시로 천년지장에 와서 뻐꾹 뻐꾹 금강경 읽으면 등 너머 해인사 장경각 뻐꾸기도 되받아 뻐꾹 빽빽국 반야심경 읊는다 삼백리 밖 부인사 뻐꾸기도 또 그걸 되받아 뻐꾹 뻐꾹 빽빽국 천수경 외우다 한나절 목이 쉰다

金剛酒 한 모금에 목젖이 타는 아수라의 봄날, 두루마리에 새로 새긴 부처님 말씀 펼쳐놓고 나무관세음보살 나무관세음보살 낮뻐꾸기 소리 따라 낸다 어느새 흐린 마음도 말짱하게 닦여진다

중국 여행팀 중에 '쩜오'라는 별명을 가진 사람이 있다.
어떻게 쩜오라는 이름으로 불리게 되었는지는 모른다.
아마도 조금은 어눌한 조금은 엉뚱한, 상식에 어긋나는 듯한
말이나 행동 때문에 붙여진 별명인 것 같다.
때로는 기가 있는 곳이라도 만나면 기를 받으려 사라지곤 한다.
지금은 동천洞天을 찾아 헤매고 있지만.

0.5는 중간일까, 아니면 반점일까. 아무튼 1이 못된 어떤 것이다.
수학에서 0.5는 1이 되기 위한 준비단계, 정수가 아닌 소수이다.
1이 되기 위해 꿈틀거리는 무엇인가다. 일상에서는 1이 못 된,
모자라는 것이다.
철학이라면 0.5의 위치를 어디다 어떻게 두어야 할까.
0.5는 1이라는 형상도 내용도 가지지 못한 어떤 것이다.
무명은 천지의 시작이요, 유명은 만물의 어머니라 무명씨로

이름해도 될까. 너무 격상된 이름이 아닐까.
과분한 이름이 아니라면 무와 유, 공과 색, 0과 1 사이의 점.
연결다리의 역할을 할 수 있을까.

진공묘유眞空妙有의 묘유일 수 있을까. 무극無極이 태극이요,
태극이 음양을 낳고 음양이 사상을 낳고……
음과 양이 만나서 하나의 사물을 형성한다.
음과 양을 매개하는 것은 기이다.
음의 기나 양의 기는 뭉쳤다 헤어지고, 나타났다 사라지고 한다.
0.5는 음일까. 음일 수도 있고 기일 수도 있다.

역에 유혼遊魂이라는 놈이 있다.
유혼은 말 그대로 떠도는 혼이라는 이야기다.
떠도는 유랑자, 소속도 없고 정착도 하지 못한 놈이다.
뭔가 있기는 있는 것 같은데 실체도 알 수 없고,
이름도 알 수 없는 놈이다.
1의 입장에서 본다면 기존의 질서를 흔들고 파괴할 수도 있는,
정체를 알 수 없는 위험한 놈이다. 기존의 질서나 틀에서 본다면
위험한 불청객이다.
속담에 모르는 천사보다 아는 악마가 낫다고 하듯이,
유혼은 좋지 않은 의미로 쓰인다. 그러나 새로운 질서나
생성이라는 측면에서 본다면 또 다른 역할도 있다.
유혼은 수로서 셈해지지 않은, 셈할 수 없는 영역이다.

유혼은 극에서 끝과 시작, 변화와 선택의 선에서 나타난다.
유혼이 나타나면 위험한 동거가 시작되는 것이다.
사회적인 질서가 흔들리고 인간은 병이 생긴다.
유혼은 왜 발생할까. 기본적으로 하나가 둘로 나누어지는데 있다.
하나로 돌아가면 될까. 그런데 돌아갈 하나가 없다는데 문제가 있다.

태초에 말씀이 있었다. 하나님이 세계를 창조하시고, 그 하나
하나에 이름을 부여한다. 문제의 시작이다. 말은 말대로
사물은 사물대로 놀기 시작한 것이다. 분리된 둘을 일대일 대응시켜
연결시켜야 하는데 뭔가 어긋나고 맞지를 않는다.
모순 역설이 발생한다. 그것이 유혼이다.
실체가 없는데 말만 있는 것은 허구요, 실체는 있는데
이름이 없는 것은 존재가 아니다.

수학에 서수와 기수라는 것이 있다.
기수는 하나 둘 셋을 말하고,
서수는 첫 번째, 두 번째, 세 번째라는 위치, 즉 자리를 말한다.
같은 3이라도 세 개라는 개수를 말하기도 하고, 세 번째라는
위치를 말하기도 한다. 그런데 집합에서 세 개의 합이
세 개가 아니라, 전체를 포함하여 네 개가 된다.
수와 자리가 맞지 않게 되는 것이다. 하나가 들어갈 집이 없다.
떠돌이가 될 수 밖에 없다. 우리는 하나, 둘, 셋의 계산으로 살고
있다. 그러나 셈해지지 않는 부분, 셈할 수 없는 영역이 있다는

것을 받아들여야 한다.

언어의 길이 끊어지고 생각의 길이 미치지 못하는, 무엇이라

이름할 수도 없는 어떤 것이 있다는 것이다. 무라고 이름해도 좋고

공이라 이름해도 좋다. 만일에 계산을 한다면 어떤 그림들이 나올까.

하나일 때에는 문제가 없다. 그러나 둘이 만난다면 사건이 발생한다.

음과 양이 만나서 사물을 형성하듯이 두 선이 직각으로 만난다면

대각선이 만들어진다. 대각선에는 나머지가 있다. 가로선에도

세로선에도 속하지 못하는 부분이다. 나머지 부분을 어떻게

처리하느냐에 따라 세계를 보는 시각에 차이가 생기는 것 같다.

셈해지지 않은 셈할 수도 없는 나머지를 무시해도

일상을 유지하는 데에는 문제가 없다.

그러나 그 나머지에서 항상 문제가 발생한다.

피타고라스학파는 수를 만물의 근원이라고 생각했다.

그러나 대각선의 길이는 정수로서 표현할 수가 없다.

수로서 표현할 수 없는 것도 있다는 것이 알려지고 학파는

해산하게 된다. 역에 있어서도 하도와 낙서, 정역에 이르기까지

대각선의 나머지 부분, 수도 되고 괘도 되는 5와 10이라는 수를

안에 두느냐, 밖에 두느냐에 따라 달라진다고 한다.

우리는 보통 가로와 세로의 사각의 영역에서 산다.

가로와 세로의 대응관계 속에서 풀어간다. 너와 나, 말과 사물의

관계다. 그래도 문제가 안 풀릴 때에는 대각선을 긋든지,

아니면 가로지르는 선을 긋는다.

우리는 말을 가지고 산다. 의식을 규정하고 존재는 말이 규정한다.
말이 말을 낳고 말만 무성한 세상이다. 사물로 돌아가면 조금은
나아질까. 세로와 가로의 선은 직선적으로 진행된다.
대각선을 가로나 세로의 선으로 삼아 원을 그린다면 원의 지름이
된다. 원은 순환한다. 사각의 방도가 아니라 원도가 그려진다.
내가 원의 중심이 될 수 있을까. 나를 원의 중심에 둔다면
조금은 나아질 것 같다. 1에서 본다면 0.5는 모자라는 놈이다.
일상에서 본다면 유혼은 기존의 틀이나 질서에 적응하지 못하고
벗어난 놈들이다. 잘라버릴까. 버린 자식들이다.
더 이상 미련을 둘 필요도 없다. 가장 손쉬운 방법이다.

동서양의 문명을 비교할 때 쓰는 비유 중의 하나,
서양에서는 알 수 없는 위험한 용을 퇴치하는 기사가
문명을 개척하는 영웅의 칭호를 받는다.
그러나 동양에서는 심우도에서 이야기하는 것과 같이
야생의 길들여지지 않은 소를 찾아 잘 길들여 소도 없고
나도 없는 세계를 그린다.
이것은 한 극단의 예를 비유로 든 것이긴 하지만,
서양의 이러한 태도가 0이라는 수의 도입이 늦어지고
무한이라는 개념의 도입을 꺼렸다고 한다.
이것이 실체적이고 분석적인 서양문명의 성격을
규정했다는 것이다.
역에는 귀혼괘라는 것이 있다.

어떻게 돌아갈까.

옛날 집으로 돌아갈까.

아니면 새로운 집을 지을까.

법화경에 돌아온 탕아의 이야기가 있다.

어릴 때 집을 나간 아들이 떠돌이 거지생활을 하다가

자기 집인 줄 모르고 밥을 얻으러 온다.

아버지는 아들을 알아보고 따뜻하게 맞아주고 집을 물려준다.

그러나 이것은 전제가 있다. 아버지의 따뜻한 마음,

여유분의 셈에 없는 부분이다. 계산되지 않은 여유분은 있어야

하는데, 어째 세상은 각박하게 흐르기만 하는 것 같다.

토인비의 문명발달사에 의하면 문명의 건립은 창조적

프롤레타리아들에 의해 발생한다. 성장기에는 창조적

브루조아지로서 지도적인 역할을 담당하지만,

쇠퇴기에는 창조력을 잃고 지배적 소수자로 전락한다.

초기의 문제해결의 방법이 상황의 변화에 적응하지 못하고

효력을 발휘하지 못하는 것이다.

이때 기존의 틀에서 벗어난 유랑민 프롤레타리아들이 발생한다.

프롤레타리아들은 무산자일까, 아니면 머물지 못하는 자들일까.

무엇을 가지고 돌아갈까. 문제는 돌아갈 집이 없는 놈들이다.

해결책이 없다. 인식불가능하고 결정불가능하고

셈해질 수 없는 미정이다.

대각선의 나머지 부분, 집합의 나머지 영역,

이런 것들을 역에서는 미제未濟라고 한다.
돌아갈 수 없다면 끝까지 갈 수밖에 없다.
돌아와도 끝을 보고, 말의 끝, 생각의 끝을
한 번쯤은 보고 돌아와야 할 것 같다.
이러한 결정 불가능한 것들에 대한 설명들은 많다.
빛의 입자나 파동, 입자들의 나타남과 사라짐. 거기에다
관찰자들의 개입까지 있다. 입자들의 위치가 불확실해진다.
우연과 필연에서 우연적인 요소들의 작용도 있다.
유전자는 복제 작용만을 한다. 그런데 변이가 발생한다.
그러나 그 변종이 살아남을지 사라질지는 아무도 모른다.
자연선택이다. 진화는 그렇게 이루어진다. 끝까지 가서 보고,
돌아오고, 돌아와서 무엇을 어떻게 할까.

공은 빛이다. 공의 빛이 비치는 땅에서 소나무를 심고 바위를
어루만지며 어떤 집을 지을까. 일상의 집들은 이념의
그림자 속에서 법과 제도의 틀에서 관습이나 경험에 따라
삶을 꾸려나간다. 공적인 경험에 근거한 삶이라면
아무래도 좋을 것 같다. 그러나 종교적인 꿈을 가진 인간이라면
공의 빛을 받아서 하늘의 별이 될까.
철학적인 인간이라면 공의 파편들을 모아
이념이나 개념의 집을 지을 것 같다.
작가라면 카오스의 거품들을 모아 떠도는 소리나
색에 형태를 부여하고 작품을 만들어야한다. 작품이 말을 한다.

그렇다면 내가 작품이 되고 작품은 내가 되고, 보는 사람은
둘째 치고……. 그러고 보니 말할 수 없는
소녀의 이야기가 생각이 난다.
융이 신화를 분석한 것이다. 음과 양이 맞물려 있는 그림이다.
반음 반양이 만나기는 했으나 뭔가 형상을 이루기 전의,
무어라 말할 수 없는…….

세 개의 점

먹돌

박진형

돌은
백만 년을 견딘
견고한 고독의 뼈
어쩌지 못해
잘익은 먹오디 빛이다
무딘 송곳으로 슬쩍
참죽나무 후벼 판
一思單間 문패 달고
고요사 속에
마음 내려놓고 앉아서
세상일 귓등으로 흘려 넘기고
먹빛 위에 먹 풀어놓다가
그 고요 어쩌지 못해
생겨먹은 대로
먹돌 위에
관세음보살님도
옮겨다 놓았느니

세 개의 점이라 하나의 점도 많은데 점이 아닌 점일까.
공은 그림자 정도일까. 우리는 점으로 살아간다.
점이 없이도 살 수 있을까. 불교적인 입장이라면
점이 있어서는 안 된다. 공에는 말도 없고 점도 없다.
침묵하면 될까. 침묵도 하나의 말이다.
침묵에서 길어낸 말이라면 어떨까.
연기는 이것과 저것의 관계 아니면 합성으로
모든 것들이 이루어진다고 한다.
시작도 끝도 없다.
그러므로 모든 것들은 실체적으로 있는 것이 아니라
실체가 아닌 것으로서의 존재라는 것이다.
중론中論에서는 구사론자들의 개념화된 말들을 분석하여
그러한 말들의 개념은 성립하지 않는다는 것이다.
아니다, 아니다라고는 말할 수 있지만 무엇 무엇이다라고는

말할 수 없다. 아니다, 아니다라고 모든 것이 제해진 빈 어떤 것,
무어라 이름 할 수 있을까.
형상화할 수 있을까. 무의미의 거울에 나타난 형상일까.
그림을 그릴 때 우리는 보통 형태를 먼저 그리고 배경을 그린다.
안이 아니라 밖부터 그린다면 다른 그림이 나올 수 있을 것 같다.
아닌 것들을 제한 나머지 부분이 있다. 편견이나 선입견으로부터
어느 정도는 벗어날 수 있을 것이다.

지금은 동서양의 문화가 하나로 통합되어가지만,
동양과 서양의 문화를 비교할 때 서양의 문화를 양의 문화,
동양의 문화를 음의 문화로 구분하기도 했다.
우리들의 문화 중에서 유교적인 사고가 양적인 성향이라면
불교나 도교는 음적인 영역에 속한다.
삼교의 통합을 꿈꾸지만, 그렇게 효과적인 것 같지는 않다.
음의 문화는 빼기의 문화, 화폐가 힘이 되고 기술이 끝간 데를
모르는 상황이라면 빼기의 태도에 더 주위를 기울여야 할 것 같다.
돈은 무엇이든지 가능하고, 기술은 불가능이 없다.
무엇을 위해 주어진 길이 아니라 내 삶의 의미 같은 것을
한번쯤 생각해보는 것이 좋을 것 같다. 우리는 과거를 근거 삼아
현재를 관계 짓고 미래의 목표를 향해 걸어간다.

나는 왜 태어났을까.
나는 누구일까.

무엇을 어떻게 해야 할까.

누구나 한번쯤 물어보는 생각들이다.

이러한 하나하나의 생각들이 점이 되어 내 주위에 찍힌다.

내 삶의 영역이 된다. 자화상, 나 자신의 가장 멋있는 모습.

비탈진 작은 언덕에서 괭이인지 지팡이인지를 짚고

석양을 바라보면서 무엇을 할까 생각하는 모습이다.

일이라면 세상의 빈 구석을 채워주는 정도랄까 하고 싶었던 일들

중의 하나. 불교적인 이념을 정립하는 것이었다.

그래서 잡은 점이 공적인 것이었다. 공이 지향점이 될 수 있을까,

될 수 있다면 어떤 점이 되어야 할까 하는 이런 생각들이다.

불교와 교단의 갈등이나 혼란은 역사적인 전통의 부담도 있겠지만

근본적인 원인은 이념의 혼재에 기인하는 것이라는 생각에서였다.

조계종은 선을 종지宗旨로 하고 있다.

그러나 정토적인 요소들도 포함하고 있다.

지금은 티베트의 밀교적인 요소나 남방 상좌부 계통의

요소들까지 들어와 있다. 다양성은 인정하더라도

종파적인 요소들이 갖는 위치나 영역 구분 정도는 필요할 것 같다.

현대는 통일적인 세계관이나 이념을 추구하는 것은

불가능한 것으로 보인다. 인간의 유한성 때문일까, 아니면

이성의 한계일까. 아마도 존재 자체의 구조가 그럴지도 모른다.

다양성을 담을 그릇이 없다는 것이다. 나머지가 남고 빈 구석이

생긴다는 것이다. 형상은 자연이 만들고 의미부여는 인간이 한다.

44

그런데 형상은 차치하고라도 의미를 부여하는 것이 사람마다 다르다.
다양한 의미 부여들을 어떻게 처리해야 할까. 의미의 장을 하나로
포개면 표준형이 나올까. 인간의 유한성이나 이성적인 한계의
문제라면 초월적인 어떤 것에 근거를 구해야 할까.
세 개의 점들은 공의 다른 이름들이다. 공적인 것들의 다름 영역,
존재, 자아, 그리고 대상들에 찍힌 점들이다. 공집합, 대각선,
그리고 소실점이다.

불교의 존재론은 유심일까, 유식일까. 아니면 공일까.
연기적인 입장이라면 이것과 저것이 무엇인가라기 보다는
어떻게라는 관계 변화에 중점을 둔다. 현상학적이고 경험론적이다.
부파불교에서는 다양한 법들의 범주 개념규정을 하고 있으나,
법들의 근거, 기체로서의 근거에 대해서는 할 말이 없다.
찰나생刹那生 찰나멸刹那滅 정도일까. 공적인 존재라면 어떤 것일까.
비었다, 없다, 아니다라고 하는 것만으로는 뭔가 부적한 것 같다.
무적인 것, 비적인 것에 이다를 붙이면 될까. 없는 것으로 있는 것,
아닌 것으로서 있는 것, 비존재라는 존재는 어떤 것일까.
말이나 되는 걸까.
불교는 음적인 요소가 많다. 양적인 실체로서의
존재 같은 것은 처음부터 부정되었다. 음적인 존재론도 가능할까.
음적인 빼기, 모든 것들을 제한 빈 것 아니면 나머지 부분이 있을까.
내용을 빼버리면 형식은 남을까. 존재를 담는 그릇 정도일까.
아무튼 아닌 것으로 남은 것, 없는 것으로서의 이름 정도일 것 같다.

공적인 존재로서의 공집합,

나를 세울 수 있는 빈 자리로서의 대각선,

그리고 지향점으로서 소실점이다.

세 개의 점은 이 세계에 대한 구성적인 사고나 태도도 아니고

신비나 초월적인 세계도 아니다. 세 점은 존재 자체와 자아,

그리고 대상들의 영역들로 구분된 것이다.

나는 21세기 한국불교의 중이다. 나의 위치, 불교의 위치를

어디다 두느냐에 따라 세계를 보는 시각이 달라질 것이다.

한국불교의 위치는 어디쯤일까.

불교의 탄생으로부터 시간상 2500여 년 공간상 수만리의

이동이 있었다. 그동안 많은 변화가 있었을 것이다.

그러나 원형을 찾자는 것은 아니다. 원형을 찾는 데에는 한계가 있고

찾는다고 해도 다시 돌아갈 수는 없다. 위치를 규정하는 데는

도움이 될 수 있을 것이다. 한국의 불교는 근본불교와 대승불교가

함께 유입되었다. 근본불교와 대승불교의 태도의 차이는

지금도 가장 큰 문제 중의 하나다.

다음은 도교와의 관계, 유교와의 관계설정이 중심과제였다.

지금은 문제가 더 복잡하게 얽혀 있다. 지금의 상황에서 부딪힌

문제는 과학적 사고나 유신론적인 태도가 아닌가 한다.

불교를 유물과 유심으로 나눈다면 유심론적인 입장이고,

유신과 무신으로 나눈다면 무신론적인 입장이다.

불교는 무신론적인 입장이지만 신적인 요소에 많은 빚을 지고 있고,
유심론적인 입장이지만 유물론에 등을 대고 있다.

마음만 정화되면 문제가 해결될까.

그러기에는 너무 많은 조건들이 있다.

철학적인 사고에 기대해도 될까. 철학적인 개념이나 이념을 가지고는
문제가 해결될 것 같지는 않다. 이념적인 개념의 성립이나
궁극적인 실재를 추구하는 형이상학은 끝났다고 한다.

다만 개념들의 위치는 잡아줄 수 있을 것 같다.

신이 없이도 살 수 있을까. 신이 없이도 살 수 있다는 것을
한번쯤은 보여주고 싶었다. 그렇다고 사물의 추구나 집착이
삶의 의미를 주는 것은 아닐 것이다. 이것도 아니고, 저것도 아닌
그런 것이 무엇일까. 그런 것이 있기는 있는 걸까.

신적인 초월의 세계도 아니고 대상화되는 사물들의 세계도 아닌,
공적이라면 그림이 나올까.

아마도 그림자 정도는 나타날 것 같다.

존재에는 전체나 완성이라는 것이 없고 항상 빈 구석이 남는다.

나를 빈 자리에 둔다면 사물이나 세계가 있는 그대로 보일까.

모방해야 할 원형도 없고 우리가 가야할 목적지가 없다면
조금은 자유로울 수 있을까.

나는 사막의 여행을 좋아한다. 사막에는 눈에 걸거치는 것이 없다.

그리고 길이 없다. 길이 없다는 것에 왜 편안함을 느낄까.

어쩌다 나타나는 오아시스의 푸른 빛은 너무나 선명하다.

공집합, 대각선, 소실점이라는
세 개의 점이 아닌 점이 될 수 있을까.
하나하나에 대한 이해나 관계 설정은 앞으로 계속될 것 같다.

네티 네티

나는 낙타를 사고 싶다

박진형

유목민이 되어 머물지 마라.
달린 만큼 길은 만들어진다.
욕망, 욕동, 아니면 카오스적인 힘일까.

사막을 마악 걸어나온
쌍봉낙타를 사고 싶다

오아시스가 숨겨놓은 사막
사막이 숨겨놓은 신기루를 찾아
십리 밖 물냄새 맡으며
코 벌렁거리는

타박타박
달빛 가로질러
맨발이 끌고온

누천년 바람결에
지워졌다 다시 피어나는
夜光珠의 발자국을

공은 너무 멀리 있는 것 같다.

가기도 힘들지만 돌아오는 길은 더 어려운 것 같다.

공이라는 말의 개념도 추상적이고 부정적인 의미가 강하다.

또 공이라는 말의 SUNYATA가 한역에서 도가적인 영향도

있었겠지만 무無나 허虛로 번역되면서 공에 대한 이해가

더 어려워진 것 같다. 그래서 생뚱맞은 공집합이라는

수학적인 개념을 끌어들였는지도 모른다.

공집합이라는 개념을 끌어들인 이유는 공을 이해하기

위해서 이기도 하지만 공과 연기를 관계 지우고

공과 색을 연결하는 다리 역할을 할 수 있지 않을까 하는

기대에서다. 공이 무적인 어떤 것에 침잠하거나 초월적인

어떤 것에 안주하기 보다는 색이 색일 수 있는

공이 되기를 바라는 생각에서다.

불교는 연기, 공, 중도를 축으로 삼고 있다. 억지로 배대하자면
연기가 현상학적인 접근이라면 공은 존재론적인 영역이다.
중도는 행위와 실천의 영역이랄까. 연기가 신의 창조와 물의
원소 사이에 있다면 공은 상주와 단멸의 사이에 있고,
중도는 유와 무의 사이에 있는 입장들이라고 할 수 있다.
우리는 유와 무의 사이를 오가면서 때로는 초월을 꿈꾸기도 한다.
도달한 결론은 유도 아니고, 무도 아니다라는 것이다.
아니면 모든 것 범신론적인 영역에 진입할 수밖에 없다.

만족스럽지 못하기는 마찬가지다.
네티 네티는 아니다, 아니다라는 말이다.
인도철학에서 말할 수 없는 접근할 수 없는 신적인 어떤 것을
표현할 때 쓰는 말이다. 노자의 첫 장에 나오는 말이기도 하다.
도는 말로 할 수 없고, 이름 붙인 것은 영원하지 않다고,
초기 기독교에서는 신의 이름을 함부로 부르기를 꺼리고
신의 형상을 그리는 것을 금기시했다.
지금의 부정 신학이라고 이름 하는 것이다.
남의 이야기를 하려는 것이 아니다.
불교에서 원시불교에서 대승불교로 넘어가면서 여래장, 진여,
본성 등의 이름들이 나타나기 시작했다.
어떻게 봐야 할까.

아니다 아니다.

다음에 무엇이 있을까.

신이 있을까.

아무것도 없을까.

있다고도 할 수 없고

없다고도 할 수 없는 상태일까.

유와 무라는 선으로써는 그려질 수 없는 그림일까.

유, 무의 선이 아니라면 0과 1의 선은 어떨까.

0과 1, 무한을 한데 엮을 수 있는 것이

공집합이라는 개념이 아닌가 한다.

왜 공이여야 했을까. 어쩌다가 여기까지 왔을까.

우리는 유학에 대하여 비판적인 교육을 받아 왔다.

그러나 우리의 상식이나 교양을 형성한 것은 유교적인 이념이였다.

인간은 천지인 삼재와 이와 기의 관계 속에 주어진 존재이다.

천명을 받아 인간의 도리를 밝혀야 한다는 것이다.

그런데 천명이 있다면 세상을 이렇게 두지는 않았을 텐데. 새로운

세계를 그리던지 아니면 초월의 길을 살 수밖에 없었는지 모른다.

공산주의는 새로운 세계이다. 민족이라는 피보다 국가라는

집단보다는 나은 꿈들이다. 당시에 떠도는 말로 20대에

공산주의가 못된 놈은 가슴이 없고, 30대에 아직도

공산주의를 말하는 놈은 생각이 없는 놈이라고 했던가.

공산주의, 사회주의, 아나키즘 아직도 아련히 남아 있는

꿈들 중에 하나이다. 지금은 정치적인 아나키스트이기보다는
인식론적이 아나키스트이기를 자처하고 있기는 하지만,
상식적인 교양이 유교적인 유산이라면 나의 정서는 노장적인 사고와
태도에 기반하고 있는 것 같다.
도가의 초월적인 꿈, 시와 비, 선과 악, 미와 추 등의
상대적인 입장에 끌렸던 것 같다. 장자의 제물의 논리다.
절대를 붙들어도 견디기 힘든 세상에 상대적인 입장에
몸을 싣다니 고민이 많을 수밖에.
그래도 쳐다보는 절대는 없어도
상대적인 너와 나를 가지런히 놓을 수 있는
평ㅠ은 얻을 수 있겠다는 기대에서였다.

인도의 사상을 베다의 시대, 우파니사드의 시대,
베단타의 시대 등 세 시기로 구분한다. 베다는 신들에 대한 찬가이다.
브라만이라는 창조주에 대한 찬사, 헌신, 제사를 통해
신의 은총을 추구한다. 그러나 우파니사드 시기에는 신들이 아니라
세계에 대해서 성찰하고 자신들에 대하여 사유하기 시작한다.
아트만이라는 개체이다. 세계와 아트만을 성찰 명상하며 피안에
이르기를 희망하는 것이다. 베단타는 베다의 끝이라는 뜻이다.
기본적인 입장은 브라만과 아트만이 둘이 아니라 하나라는 것이다.
범아일여梵我一如의 사상이기도 하고, 불이의 논리이기도 하다.
아트만은 브라만적인 신성의 일부를 분유分有하고 있는 걸까.
헤겔을 처음 본 것은 정신현상학이다. 마음의 지도 같은 것이다.

마음의 지도를 확실히 그릴 수 있다면, 나같은 사람들이 더 이상
방황하지 않아도 될 텐데…….

헤겔의 논리를 변증법이라고 한다. 정반합의 관계다. 합 속에
정과 반, 정 속에 반, 반석의 정, 정은 정이기만 할 수 없고,
반은 반이기만을 할 수 없다. 정반합의 영원한 순환일까.

도가적 입장, 불이의 논리, 변증법적인 사고는 매력적인 생각들이다.
아마도 나를 정초시킨 것들이 아닌가 한다.

실재는 이다, 아니다라는 형식 논리로 재단되지 않는 접근할 수
없는 어떤 것이라는 생각들이다.

침묵으로 바라보고 몸으로 체득해야 하는 걸까.

너와 나, 모와 순이 함께 할 수 있는 것이 변증법적 논리이다.
그래서 숨이 트인다. 그래도 말로 한다면 관계로써 쳐다본다면
보일까. 실체의 개념보다는 관계의 개념이 훨씬 나을 것 같다.
관계적인 시각으로 세계를 쳐다본다면 어떻게 보일까.

토인비는 영국의 역사학자이다. 자국의 역사를 연구하면서 대륙과의
관계를 무시하고서는 영국사를 기술할 수 없다고 인식한다.
그래서 세계의 역사를 문명권과 문명권 사이의 도전과 응전의 관계로
기술한다. 그전에는 역사를 움직이는 원동력인 힘 같은 것을 찾았다.
신의 뜻, 자연환경, 인종 등에 역사의 원인을 찾았다.
이러한 실체론적인 접근보다는 도전과 응전이라는 관계론적인
접근이 역사를 폭넓게 해석하고 이해할 수 있었을 것이다.
프로이드의 무의식의 발견은 인간의 의식을 확장한 것이다.

천문학자가 새로운 우주를 발견한 만큼이나 위대한 일이다.
그러나 인간의 마음이나 행위를 해석하는데 개인 심리의 원인과
결과로 규명하기 보다는 사회적인 관계 속에서 파악한다면
폭넓게 이해될 것으로 보인다.
에릭 프롬의 사회심리학이나 에드워드 윌슨의 사회 생물학적인
입장이다. 철학에서 형이상학적인 하나는 없다고 한다.
하나라고 하면 빈 구석이 있고 둘이라고 하면 나머지가 남는다.
둘은 하나가 되고 하나는 둘로 나뉜다. 둘과 하나의 경계가
애매해진다. 하나라고도 할 수 없고 둘이라고도 할 수 없다.
이것이라고 지칭을 하면 이것이 아닌 것이 되고,
이것이 아니라고 하면 이것이 된다.
이것이 되기 위해 이것이 아닌 것이 필요할까.

수가 아닌 수, 대상도 아니고 내용도
아닌 어떤 것이 아닐까. 최근에 재미있게 읽은 책들 중 하나가
들루즈와 까타리의 『천개의 고원』이다. 그리고 또 하나가
엘란 바디우의 『존재와 사건』이다.
두 사람의 입장이나 시각은 다르다.
그러나 현실은 어느 시점에서는 만날 것 같다.
들루즈가 무한을 건드렸다면, 바디우는 0을 문제 삼았다.
0과 무한은 동격이다. 수가 아닌 수들이다.
느낌은 들르주가 현대판 장자라면 바디우의 공집합은
중론적인 공의 후예들이다.

들루즈의 존재가 무한속도의 감소라면
바디우 존재는 0의 집합들이다.

천 개의 고원들은 땅의 주름들일 뿐이다.
속도를 높여라. 그러면 더 많은 리좀(rhyzome)들이
만들어 질 것이다.

달려라.
머물지 마라.
유목민이 되어라.
정주민이 되지 말아라.
달리는 것만큼 사는 것이다.
길은 달린 만큼 만들어진다.
속도를 내는 힘은 어디에 있을까.
욕망 욕동, 아니면 카오스적인 힘일까.
균형을 잡을 수 있을까.

바디우의 존재론은 일자는 없다는 데에서 시작한다.
일자가 아닌 것은 존재가 아니다라고 할 정도로 우리는 일자에
의지해 살아간다. 신적인 어떤 것들 초월적인 어떤 것들에 의해서
우리를 규정 지우고 행동의 지침, 삶의 목표를 세우고
삶을 영위하고 있다.
일자가 아니면 우리는 아무것도 아니다.

결론은 신은 죽었다이다.

있지도 않았던 신이 죽었을 리는 없지만 신은 없다.

신이 없는 세계라는 것이다.

신들의 구원도, 초월적인 꿈도, 형이상학적인 원리도,

신화적인 이념도 없다.

인간이 부여하는 의미 부여를 준거점들을 몰수한다.

인간을 사막으로 내몬다.

그러나 빛이 있다. 아니 어둠이 있다.

존재의 빈 구석이 있고 셈할 수 없는,

셈하여지지 않는 부분이 있다.

아닌 것들의 영역일까.

공집합 空集合

청금의 시

박진형

사막에도
해 뜨고 달이 저문다
아니다 아니다
해 지고 별이 뜬다

가물가물
소실점 너머
사막이 숨겨놓은
터키산 반야고양이
청금석 영롱한
외짝눈

맨발로 천축국 떠돌던 혜초
등짐에 몰래 숨겨다니던
금강이며 염화미소인
청금의 시 한 줄

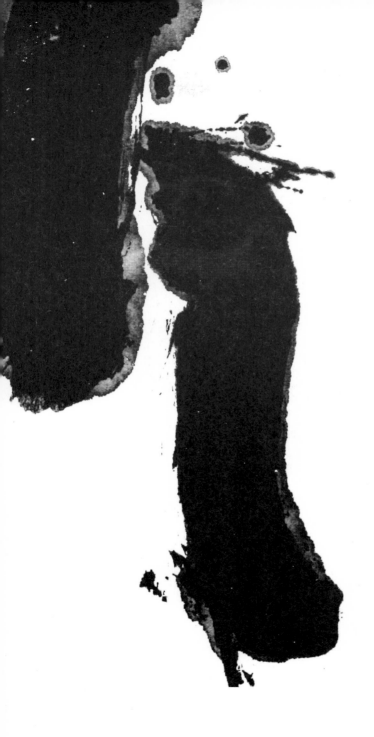

공집합 67

공집합이라는 말을 처음 들었을 때, 왜 그리 재미있어 했을까.

공집합은 0의 집합이다. 0과 집합이라는 단순한 합성일 뿐인데…….

아마도 공空을 이해하는 데서 오는 답답함 때문이었던 것 같다.

용수龍樹는 팔종八宗의 조종이라고 할 정도로, 대승불교의

많은 종파가 종조로 모시고 공을 기반으로 삼고 있지만,

공을 보는 시각은 각기 다르다. 정작 공을 종지로 삼는 삼론종은

사라지고 만다. 그래도 믿음의 대상을 필요로 했던 것일까.

티베트의 불교에서는 중론을 교학의 기본으로 하고 있으나,

신앙의 형태는 의례 중심이다.

금강경과 선종의 일부에서는 아직도 공의 논리가 살아있는 것 같다.

그런데 공에 접근하기 힘든 것 중의 하나가 공을 알 수 없는,

말할 수 없는 초월의 영역에 위치시키는 것이다.

또, 공을 만물의 근원이나 법의 기체로써 작용하게 하는 것이다.

존재론적인 영역이 아니라 인식론적인 시각이라면 문제가 풀릴까.

집합론은 독일의 수학자 칸토어(cantor)의 창안이라고 한다.
집합론은 수학을 하나로 묶을 수 있고, 무한에 대한 증명들은
신의 영역을 건드린 그것으로 생각한다고 했다.

집합에는 여러 가지의 종류가 있다. 집합과 공집합, 무한집합과
유한집합, 교집합과 합집합, 전체집합과 여집합 등이 있다.
그러나 공집합과 무한집합은 일반집합의 규칙과 다르다.
집합은 집합인데, 일반집합의 공리가 적용되지 않는다.
공집합은 0의 집합이다. 0의 개념은 인도에서 만들어졌고,
아라비아에서 수로써 정착되었다고 한다.
0은 수이기도 하고, 위位이기도 하다. 없는 것을 표기했어야 할
이유가 뭘까. 없는 것을 표기함으로써 없는 것으로 있는 것이 되었다.
있는 것과 없는 것의 경계가 모호해진다. 아닌 것, 없는 것을
어떻게 처리하느냐가 문제의 관건인 것 같다.

이러한 0과 비슷한 개념들이 갑골문자에서도 나타난다고 한다.
복사가 "하늘에 비가 오겠습니까?"하고 묻는다.
"온다", "안 온다"하는 대답이 나온다.
이걸로 충분하다. 그러나 복사는 다시 묻는다.
"비가 안 오겠습니까?"
두 개의 경우의 수가 네 개가 된다.
아마도 결정되지 않은 미정未定의 우려 때문인 것 같다.
예를 들면, 교통신호의 체계와 같다. 파란 불이 켜지면 가고,

파란 불이 꺼지면 안 가면 된다.

그런데 왜 멈추라는 빨간 불을 켤까.

파란 불도, 빨간 불도 없을 때는 알아서 가야 한다.

가고 멈추는 요인이 다른 데 있다.

요즘은 차도 섬, 사람도 섬하는 점등이 있다.

공집합은 이상한 집합이다.

0은 유령이다.

0은 있다가도 없고, 있다가도 없다.

공집합은 유령들의 소굴이요.

0이 열 개가 있어도 수로 보면 0이다.

그러나 위로 보면, 0이 열 개 10이 된다.

더하기와 빼기가 무효화된다.

부증불감不增不減인가. 공은 연기緣紀의 발전된 논리라고 한다.

대승불교에서는 연기 즉 공空이라고 한다.

비실체적인 입장에서 본다면 같은 출발이다.

그러나 연기가 경험적인 것이라면 공은 초월적이라는 것이다.

연기적인 근본불교의 입장에서 본다면, 공의 논리는 너무 변질된

것이다. 대승은 불교가 아니라고 할 정도이다. 실재를 보는

시각의 차이인 것 같다. 대승과 소승을 가르는 데는 여러 가지가

문제가 있다. 입장이나 경향의 차이도 있다.

연기가 상대적이라면, 공은 절대를 추구한다. 연기가 경험적이고

이성적인 접근이라면, 공은 직관적이고 초월적인 접근이다.
모든 존재하는 것들은 신의 창조물도 아니고 원소들의 모임도
아니다. 조건과 조건의 관계일 뿐이다. 그러므로 본성도 없고,
실체도 아니다. 제행諸行이 무상無常하고, 제법諸法이 무아無我인
것이다. 있다고 이름 부를만한 것이 없다. 가명이고 환幻이다.
세계는 무상하다. 무상은 고苦다.
좋은 변화도 있기는 하지만, 항상 하면 행복해질까.
흘러가는 것이 문제가 아니라 집착이 문제일까. 집착하지 마라.
욕망의 불을 꺼버려라. 그러면 편안해질 것이다.
욕망의 불이 꺼진 상태가 열반이다.

부처님은 6년 고행한 끝에 떠오르는 새벽별을 보고 깨달았다고 한다.
내용은 상수멸정想受滅淨이다. 생각과 느낌이 사라진 상태인 것이다.
사고실험思考實驗의 일종일까.
나를 공의 입장에 두고 세계를 본다면, 세계가 어떻게 보일까.
공의 시선으로 사물이나 사건을 쳐다보고 해석해보는 것이다.
부처님이 깨달은 후 법을 설하는데 망설였다고 한다.
일상의 흐름을 거스르는 데다 이해하는 것이 어렵다는 이유에서다.
말이 말을 만드는 세상에 말이 없는 데서 말을 길어 와야 했기
때문일까.
있다, 없다. 이다, 아니다를 끝까지 밀고 간다면,
아마도 딜레마에 봉착할 것이다.
모순을 어떻게 보아야 할까.

이 결정 불가능한 것을 받아들이기가 쉽지 않다.

나를 허공에 두어야 하기 때문이다.

불교는 상대적인 입장이다. 상대적인 입장이라면 고정점이 없다.

이것과 저것의 관계 속에서 점이 만들어진다.

고정점이 아닌 정지점이 있어야 한다. 그래야 계산이 가능하다.

계산할 수 없는 계산되지 않은 것을 괄호 속에 넣고라도

계산되어져야 한다.

기하학에서 원을 사각 안에 넣듯이 연기와 공, 집합과 공집합을

대비한다면 공을 이해하는 데 많은 도움이 될 것으로 보인다.

전제는 0과 공을 얼마만큼 접근시키느냐에 있다.

일단은 공과 0을 통용자로 보고 시작하자. 공집합이 여러

집합 중의 하나이듯이 공은 연기된 것들을 지칭하는 연기의

다른 이름일 뿐이다. 0이 없는 것을 표현하기 위하여 만들어진

것이라면 공은 아닌 것의 이름일까.

아닌 것 다음에 무엇이 있을까.

다시 분화되기 시작한다.

행위의 주체와 지향하는 이상들의 문제였던 것 같다.

연기된 것 실체가 아닌 것은 무無다. 공이다.

부처님의 가르침은 무아라고 했다. 그러나 뭔가 있어야 했다.

"이것을 내가 아니다."라고 말했지 내가 없다고 말하지 않았다.

비아非俄다. 어딘가에 진짜 내가 있을 거야.

지금도 진아眞我를 찾아 헤매고 있다.

소아小我가 아니라 우주적인 대아大我일까.

나는 없어도 나는 무상해도 변하지 않는 법은 있을 거야.

법을 추구하기에 시작한다.

부파불교의 경향이다. 제법은 무아이다. 법은 항존한다.

본체와 현상의 관계다. 구사俱舍는 법의 창고다.

반야부 계통은 아닌 것을 계속 믿고 나간다.

아니다, 아니다 공이다. 허무하기는 마찬가지다.

빈 광주리일까. 바둑알이 아니라 판일까. 공의 탄생이다.

공이라는 놈은 실체도 아니고 이름도 없다. 무명씨이다.

불쌍하다. 이름이라도 붙여줄까. 진여, 불성, 여래장 등이다.

이름을 얻고 난 다음에는 먹지도 못하는 광주리가 사과 노릇을

하려고 한다. 공이 만물의 근거, 근원으로써 작용하기 시작하는

것이다. 공은 명사가 아니라 형용사나 술어로써 사용된다면,

많은 문제가 해소될 수 있을 것이다.

집합론이 재미있는 것은 공의 이러한 무분별에 구분의

선을 그어줄 수 있다는 데 있다.

연기와 공, 집합과 공집합의 두 개의 쌍을 연결한다면

공을 이해하는 데 많은 도움이 될 것 같다.

게오르크 칸토어(Georg Cantor) 이후의 많은 수학적 발견들을

이용할 수도 있고, 처음 공과 공집합을 이야기했을 때의

반응은 불교학적인 공과 수학적인 공집합이라는 개념은
너무 이질이라 연결하는 것은 무리라는 것이었다.
연기인 것을 집합으로 본다면, 공은 공집합과 자연스럽게 연결된다.
공집합은 복잡한 과정을 거쳐 수학적 존재로, 존재의 기본 꼴로
격상시킨 것은 알랭 바디우(Alain Badiou)의 업적이다.

나는 수학을 모른다.
방적식 이후 기호논리학은 물론이고,
공집합을 이야기하니까 집합론은 초등학생도 아는 것이라고,
나만 모르고 있었나?
아무튼 무, 0, 공 등은 없는 것을 있다고 강변하는 것들이다.
진짜로 없는 것은 없다고 말할 필요가 없다.
없다고 말하는 것은 있다와 없다는 상대적인 영역에 진입하는
것이다. 그러나 없는 것을 직접적인 방법으로 증명할 수는 없다.
있는 것이 아니다라는 간접적인 방법으로 말할 수 있을 뿐이다.
없는 것이 있다는 전제를 받아들인다면, 있는 것들이
새롭게 보일 것 같다. 0은 1이 아니라 1의 시작점이다.

생각의 끝, 말의 끝이다.
공의 이해가 힘들었던 것은 공을 본체와 현상의 선에 위치시켰기
때문이다. 현실이 아닌 초월적인 것이 되고, 공과 색을
이원화시킬 수밖에 없었다. 공과 0은 모든 곳에 편재한다.
공에는 점이 없지만, 0은 정지점으로써 작용을 할 수 있다.

정지점이 된다는 것은 계산이 가능해진다는 것이다.

공과 색의 연결 다리가 될 수 있다.

모든 집합에는 공집합이 부분집합에 포함되어 있다.

계산되지 않을 뿐이다. 더해도 그만, 빼도 그만인 뭔가가 있다.

집합이라는 존재의 불완전성이다.

집합에는 전체라고 이름할 만한 것은 없다.

전체의 전체는 없다. 무한일까?

집합은 집합의 요소들과 다르다. 같다고 보는 것을 자기

언급이라고 하는데, 자기 언급은 하면 모순에 봉착한다.

나는 대한민국의 국민이고 구성원이지만

내가 대한민국 아니다.

내가 없어도 대한민국은 존재한다.

집합은 요소가 아닌 뭔가다.

인因 따라 만들어졌지만, 연緣 따라 흘러간다.

이러한 집합도 하나의 요소가 된다.

자기 언급을 하지 않으면 요소가 아닌 하나가 남는다.

하나인 전체가 아니다. 존재의 빈 구석 전체의 나머지

결정되지 않는 뭔가가 있다.

생각의 출발점이 되어야 할 것 같다.

미발未發의 뭔가가 자유의 영역이고,

창조의 작업이 아닐까 한다.

01, 02, 03.

반야심경의 한 구절,

공불이색空不異色, 공즉시색空卽是色, 색즉시공色卽是空

대각선對角線

이놈 배암 나와라

박진형

소나기 한소끔 지나가자
뙤약볕 아래 납짝 엎드린 두꺼비

어기적 어기적 기어다니다
—배암 나와라
—이놈, 배암 나와라

슬멋 또아리 푼 배암
두꺼비 짐짓 못본 척
뒷짐 지고 어흠흠

먼산바라기하는
말복날

가로와 세로를 가로지르는 선을 대각선이라고 한다.

가로와 세로에 무엇을 두는가 하는 것은 사람마다 다를 것이다.

말과 행위, 수와 사물, 이념과 이념일 수도 있다. 적대적 마주보는

평행선일 수도 있고 너와 나 일치를 가정할 수도 있다.

우리는 일치를 전제하고 가로선과 세로선을 그린다.

가로선과 세로선이 일대일 대응할 때에는 문제가 없다.

그러나 엇박자가 질 때에는 대각선을 그릴 수밖에 없다.

대각선을 긋는다고 문제가 해결되는 것은 아니다.

그러나 문제의 소재는 나타날 것 같다. 정대각선을 그으면 가로에도

없고 세로에도 없는 부분이 나타난다. 문제의 소재처다.

알 수도 없고 계산도 되지 않은 영역이다. 왜 이런 것이 나타났지?

일대일 대응이라는 전제에 문제가 있는 걸까?

대각선이 처음으로 문제가 된 것은 피타고라스학파에서였다고 한다.

피타고라스는 수가 만물의 근원이라 주장했다.

수로서 세계의 모든 것을 표현할 수 있다고 생각했다.

그러나 대각선의 발견은 정수로서 표현할 수 없는 영역이 있다는 것이 알려진다. 대각선의 나머지 부분이다. 이러한 사실을 비밀로 했다. 그러나 폭로되어 학파는 해산되고 비밀을 폭로한 사람을 바다에 던졌다고 한다.

지금도 우리는 수로서 셈을 하고, 말의 개념을 확실히 하고 말을 정화함으로서 세계를 정화할 수 있을 것이라고 생각하고 있다. 그러나 말의 개념의 성립 자체가 불가능하다고 생각했던 것이 용수의 입장이었다.

말의 속성일까?

개구즉착開口即錯이라 입만 열면 어긋나는 것일까.

선 속에 숨어있던 보이지 않던 것이 대각선에서 표면화된 것인가.

가로든 세로든 선으로 그으지고 직선으로 진행한다면 모순에 봉착하던지 아니면 무한에 이르게 된다.

헤겔식으로 이야기한다면 이것은 악무한이다.

진무한이 되려면 직이 아니라 곡이 되어야 한다.

대각선을 변으로 하면 원의 지름이 된다.

사각의 세계가 아니라 원의 세계가 된다.

역에서 방도가 원도로 바뀌는 것은 대각선의 문제를 풀기 위한 방법이었다고 한다. 너는 너, 나는 나라고 한다면 관계의 선을 그을 필요가 없을 것이다. 무한에서 만날 테니까.

평행선은 무한에서 만난다.

그러나 우리는 같은 땅, 같은 하늘 아래 무수히 얽혀 있는
선들 위에 놓여 있다. 내가 발 딛고 설 땅의 선, 내가 쳐다 보고
가야 하는 별은 어떤 것일까? 대각선이 그 선이 될 수 있을까?
유와 무, 공과 색, 0과 1을 가로지르는 선.
대각선에는 여러 요소들이 있다.
가로와 세로, 배열(직각), 가치(+, -), 반가치(음양의 전환),
반대각선(위상의 변화)들이다.
역의 변화들 중에서 마지막이 미제未濟와 유혼遊魂의 괘다.
아마도 이 부분이 대각선의 나머지 부분이 아닌가 한다.
이것은 해의하기 위하여, 하도에서 낙서 정역으로 발전하고
방도에 원도로 변화되었다고 한다.
유혼이 들면 일관성을 유지할 수 없다.
변해야 한다. 아니 바뀌어야 한다.

새로운 집을 지어야 한다.
종교적인 경험에서도 감각기관을 통한 일상적인 경험이 아닌
경험을 이상경험이라고 한다. 이 이상경험은 신의 계시인지,
악마의 장난인지는 경험 자체로서는 구별할 방법이 없다는 것이다.
결과로서 밖에는. 좋은 결과를 낳으면 선신이고 나쁜 결과를
가져 오면 악마의 장난일 수밖에 없다. 왜 유혼이 발생할까?
운명일까? 유혼은 떠돌이다. 정착하지 못한 부정적인 이미지가
강하고 부정적으로 평가되고 있다.

새로운 시작과 꿈을 꾸는 장소.

조금은 긍정적으로 바라볼 시각이 필요할 것 같다.

대각선은 너도 아니고 나도 아니다. 너와 나를 가로지르는

제3의 선이고 거기에다 여분의 나머지까지 있다.

연기된 것은 실체적인 것이 아니다. 인과의 인이 고정 불변의

실체라면 과를 낳을 수 없다. 관계의 선으로 이루어진 합성된

것이라면 그 결과는 요소들과 다른 것이 된다.

집합에는 부분집합의 수가 원소들의 수보다 많다. 그리고 전체라는

합은 요소에 포함되지 않는다. 부분과 전체와의 관계에서 부분들의

모임이 전체는 아니다. 전체로서의 집합이 되려면 요소로서

조건이 충족되어야 한다.

내가 있다. 왜 태어났을까?

이유가 없다. 아니 모르겠다.

내가 태어나고 싶어서 태어난 것은 아닌 것 같다.

전생의 업 아니면 다른 이유가 있을까? 이유를 찾는 것은

미래에 대한 불안 때문이 아닌가 한다.

나를 어딘가에 묶어둘 필요가 있으니까 내 의지와는

상관없이 어쩌다 이 세계에 떨어졌다. 장소 시간 그리고

관계의 선 위에 나를 두게 된다. 어떻게 움직일까?

그런데 내 마음대로 되는 것이 하나도 없다.

내가 자라는 대로 가만 두지 않는다. 관계의 선, 관습, 교육 자기들

마음대로 이래라 저래라 자르고 붙이고 기형을 만들어 놓는다.

태어나고 싶어 태어난 것도 아닌데 고통은 왜 내가 받아야 하지.
세상을 확 바꿔. 아니면 내 영역을 확보하던지, 그런데
거치적거리는 것이 왜 그리 많아. 뚫고 나가야 하는데 그랬나?
내가 내 자신에게 진짜 바라는 것이 뭘까? 모르겠다.
그런데 내 마음이라는 놈도 왔다 갔다 한다.
세계도 변하고 나도 변한다. 나를 어디에 두어야 하지?
깨치기만 하면, 한 소식만 얻으면 모든 것이 풀릴 것이라고 한다.
그런데 어찌 깜깜 무소식이다. 속만 끓는다.
너와 내가 아니라 내 속의 나, 온갖 생각들이 우글거린다.
이런 갈등에서 만이라도 벗어나고 싶었다.

어쩌다 나를 사막 한 가운데 두게 된다.
갈등의 문제에 대한 해답을 얻은 것은 아닌 것 같고 문제 설정
자체가 해소된 것이 아닌가 한다.
사막의 한가운데는 해도 없고 달도 없다. 산도 없고 나무도 없다.
길은 물론이고 집도 사람도 없다. 동서남북이 없다.
아무것도 없다. 아무것도 아니다.
아! 이제 나를 아무데 갖다 놔도 나를 세울 수 있겠구나.
그리고 선원을 나왔다.

대각선은 무한의 파편들이다.
가로와 세로, 나와 너, 그리고 아무것도 아닌 것들.
무한, 무의 영역일까? 아니면 공의 나타남일까?

사실은 공 아닌 것이 없다.

나타나지 않고 보이지 않고 셈해지지 않을뿐이다.

모든 연기된 것은 실체가 없다고 한다.

실체가 아닌 것은 환이고 공이다.

부분 집합의 요소들 가운데 공집합이 포함되어 있다.

그러나 계산되지 않을 뿐이다.

이것을 반완비된 존재라고 한다.

빈 구석이 있다는 말이다.

또 모든 요소를 포함하는 전체의 전체는 없다. 전체는 요소들과는
다른 어떤 것이다. 요소들과는 다른 나머지가 나타난 것이다.
존재의 빈 구석 전체라고 지칭하는 것의 나머지 부분을 찾는 것이
일중의 일이 아닐까 한다. 대각선 위에 나를 위치시킨다는 것이
무슨 의미가 있을까? 0이 수들의 정지점이 되듯이 대각선은
내가 발 딛고 설 땅이 될 수 있을까? 공이 밑 없는 독이라면
발 디딜 여지는 될 것 같다.

대각선도 임의로 그어진 선이다. 다만 무한과 연결할 수 있는
시작점은 되지 않을까 한다. 대각선은 가로와 세로를 가로지를 뿐만
아니라 나머지 부분까지를 포함하고 있다. 그 중앙에 점을 찍고
수직으로 세운다면 가로와 세로가 교차하는 점과 만나게 된다.
이 점이 0의 점, 생각 이전의 점이 아닐까?
이 선의 끝이 모든 사물이 모이는, 아니 사라지는 소실점이 된다.
무한에 진입하는 점이다. 지향점이 찍힌다.

이 선, 이 길이 무한에 이르게 하지 않을까 한다.
무한에 이르는 길이 열린 셈이다.

멀리까지 왔는데 대각선에 대하여 한 번 더 생각해 보자.
대각선은 셈할 수 없는 셈해지지 않는 영역이 있다는 것을 보여 주었다.
그것을 괄호 안에 넣고라도 계산을 한다면
우리들의 무게 중심이 달라진다.
따라서 세계를 쳐다 보는 시각도 달라 질 수밖에 없다.
이 시각의 끝에 소실점이 있다.
그리고 무한에 이르는 길도 열리고,
땅에 발을 딛고 하늘을 볼 수 있을까?

소실점消失點

백로 지나며

박진형

고반재 뜰귀에 강아지풀 입술에 맺혀있는 희디흰 이슬방울 속에 허공이 들어 있다 끝간 데 모를 텅 빈 가을 하늘 虛가 空을 밀었던가 01……空不異色 02……空卽是色 03……色卽是空 반쯤 눈을 뜨고 반쯤 자부람에 겨운 백발 삼천장 종림 스님 낮잠 한번 잘 잤다 요요 강아지풀 해찰하다 어디에다 헌집 지을까 도로 空 속으로 들어가 버렸다

이슬방울 속
텅 빈 하늘이 있어
놋쇠 풍경이 운다
금원산 물소리
용추 어디쯤에 와서
저 혼자
희어지든 말든

공에 세 개의 점을 찍었다.

공집합, 대각선, 소실점이다.

소실점은 사라지는 점이다. 그러나 모든 것들을 위치 지운다.

소실점에 위치 지워진 사물들은 우리들이 지각하는 인상이나

느낌들과는 다르다.

소실점은 주관적이지도 않고 객관적이지도 않다.

소실점에서 그어진 선들은 객관적이지만 소실점을

어디다 찍느냐하는 것은 주관적이다.

소실점이 점이 될 수 있을까? 점이 아닌 점, 소실점이 지향점이

될 수 있을까? 소실점을 지향점으로 삼았던 것은

이념이나 사물들간의 모순이나 갈등들 때문이었던 것 같다.

소실점은 사물의 밖에 있다.

소실점은 본드리야드의 아메리카 여행기다.

풍물의 여행기가 아니라 관념의 여행기다. 사막과 도로로 상징되는
미국의 문화는 실현된 유토피아라는 것이다.
그러나 쓰레기다. 사막에는 소실점이 없다.
사막의 지평선은 하늘과 경계를 이룬다. 소실축이다.
길에는 소실점이 있다. 아득히 먼 저쪽에 사막은 사라짐이다.
사막의 입장에서 본다면 인간은 침입자다. 인간이 만든 것은
인간의 힘이 작용하는 한에서 존속한다.
인간의 힘이 미치지 않으면 사막으로 돌아간다.
속도는 사물들을 사라지게 한다.

미국의 도로는 남과 북, 동과 서로 뻗어 있다.
그러나 구대륙의 도로는 도시와 도시가 연결되어 있다.
유럽이 혁명의 열병에 역사 전통의 무게에 눌려 허덕일 때
신대륙 미국은 유럽의 꿈 이상이나 개념들을 모사물로서 만들어냈다는
것이다. 이 모사물들은 실재보다 더 실재적이라는 것이다.
원형이 없는 세계 모사된 사물이 지배하는 세계,
사막과 속도의 이미지 속에 유럽의 꿈들이 사라지는 것을
하나의 소실점으로 보는 것 같다.

소실점은 상징의 형식들 중의 하나다.
원근법으로서 소실점이 회화에 나타난 것은
15세기 르네상스 시기라고 한다.
신화에는 소실점이 없다.

시선의 끝은 사물의 너머에 있다.

소실점은 인간과 사물의 사이에 있다. 아마도 세계를 보는 눈이나
공간을 구성하는 방법의 차이인 것 같다.

소실점은 인간의 시각과 보여지는 대상 사이의 어딘가에 있게 된다.
문제는 인간의 시각인상과 실제의 사물들과는 다르다는 것이다.
사물을 바로 볼려면 시각이 고정되고 한 눈이어야 하는데
인간은 두 눈을 가지고 있고 눈동자도 끊임없이 움직인다.
게다가 눈은 둥글고 상은 안쪽의 오목한 곳에 맺힌다.
멀리있는 것이 작게 보이는 것은 당연하지만 시야각이 커질수록
크게 보인다. 이것을 가장자리 왜곡이라고 한다.
사진에서 중앙 초점과의 거리가 멀면 멀수록 사물이 크게 나타난다.
인간의 눈은 초점거리가 가까우면 볼록하게 보이고 멀면
오목한 원호로 보인다.
직선은 굽어 보이고 곡선은 바르게 보인다는 말이 있다.
유성은 직선으로 흐르지만 휘어지게 보이고, 곧은 기둥은 굽어보이기
때문에 곧게 보이기 위해서는 배흘림을 한다고 한다.
시각과 사물이 만나서 선이 형성된다. 상은 객관적인 사물들의
보여진 부분들이고 시각구조의 한계를 벗어나지 못한다.
무한을 인지하지 못하고, 공간도 공백으로 밖에는 인지하지 못한다.
더 중요한 것은 시각인상에 의미를 주고 재편집을 한다는 것이다.
영화감독이 의도를 가지고 필름을 재편집하듯이
결국은 우리들의 의미부여의 문제다.

소실점은 최소한 사물의 위치 공간의 통일성을 부여한다.

인간은 자기가 보고싶은 것만 본다고 한다.

천의 눈에는 천의 세계가 있듯이, 보고싶은 것만 보고 하고싶은
것만 하고 살 수 있는 세상이라면 얼마나 좋을까?

쾌락을 추구하는 것이 삶의 목적으로 삼았던 쾌락주의자들도
즐거움을 추구하는데 지쳐 고행주의자가 된다.

의미 부여는 어떻게 주어지는 걸까? 세계는 나와 너, 그리고
너와 내가 상응하게 그것을 형성한다. 물자체는 불가지의 것이다.

우리는 보여지는 것만 본다.

사물의 체계와 의미는 체계는 다른 것 같다.

어떤 의미에서 사물이나 자연은 가치중립적이다.

의미는 안에서 나오는가, 아니면 밖에서 주어지는가.

안도 밖도 아닌 중간 매개 물들이 많이 있다.

그것을 보통 상징이라고 한다.

프로이드는 인간의 마음을 자아, 무의식, 초자아로 구분한다.
무의식이 숨은 욕망이라면 초자아는 욕망을 강제하는 금지의
성격이 있다. 아버지의 상이다.

라캉은 현실계, 상상계, 상징계로 구분한다. 상상계는 거울 단계의
이미지의 상이다. 내가 아닌 것을 보고 "저것은 내가 아니야"
나를 한정지운다. 대타자의 등장이다.

상징계는 언어의 세계다. 의미를 전달하는 가장 강력한 매체로서
작용한다. 하나님께서는 말씀으로 세계를 창조하셨다.

이름이 없는 것은 존재가 아니다.

언어의 한계가 세계의 한계다. 말이 지배권을 행사한다.

신화에서는 나와 사물과 신적인 것의 구별이 없다.

어린 아이들은 울면 모든 것이 충족된다.

그런데 자라면서 안돼하는 것이 나타난다.

왜 안돼 이유가 없다. 안돼 왜 안돼.

안되니까 안 되는거야.

더 크게 울어! 우는 놈 떡 하나 더 준다고,

그래도 한계가 있다.

어떻게 하지? 길들여지기 시작한다.

나의 영역을 확보해야 한다. 힘을 길러야 한다.

힘을 쓰는데는 규칙이 필요하다.

그런데 규칙은 의미가 아니것 같다.

우리는 나를 어디까지 확대할 수 있을까?

규칙만 따른다면 우주대로 확대될까?

영역의 확보는 생존의 조건들이다.

무엇을 어떻게 하느냐는 시대에 따라 사람에 따라 다르게 선택된다.

주술이 신화적인 세계라면 기술은 사물들의 세계다.

주술이 징조를 본다면 기술은 결과를 기대한다.

신화적인 사고가 천지창조라는 근원에서 사물들을 바라본다면

과학적인 사고는 현상에서 원인을 확정한다.

과학의 진리는 지각의 너머에 있다.

의미는 신적인 어떤 것과 사물들과의 사이 어디에선가 주어지는 것
같다. 인간의 욕망, 충동, 의지가 어디까지
갈 수 있을까? 그 대척점에 신의 뜻 자연의 법칙이 있다.

신화에서는 세계를 성스러운 것과 세속적인 것의 둘로 나눈다.
성스러운 것은 신적인 어떤 것과 관계지어진 것이다.
신성함은 영적인 어떤 힘이 깃든 것이다. 함부로 다스려서는 안된다.
탈이 난다. 잘 다스려야 한다. 숭배와 금지의 조항들이 생겨난다.
인간은 공간과 시간의 좌표 위에 주어진다.
기하학적인 공간에는 동서남북이 없다. 위치만 주어질 뿐이다.
그러나 나라는 점이 찍히고 난 다음에는 앞과 뒤, 좌와 우가 구별된다.
공간이 동서남북으로 구분되고 그 작용이나 기능에 따라
일상적인 존재의 영역과 신성한 영역으로 나뉜다.

시간에는 선이 없다.
그러나 생성과 소멸이라는 변화의 계기가 개입함으로서
생주이멸의 선이 주어진다. 수가 신성시되는 것은 무작위로 흩어져
있는 사물들을 일렬로 배열 순서를 정해주기 때문이다.
수는 내용이 아니다.
그러나 혼돈의 세계에 질서를 부여하는 신적 작용이 있다.
형상과 언어는 의미의 매개체들이다. 빛에는 형상이 없다.
빛의 강도에 따라 그림자들이 형성될 뿐이다.
그러나 이 모사물들이 원형을 대신하기 시작한다.

모사물들이 자립하여 실체화되는 것이다.

이것을 존재의 세계에서 의미의 세계로의 이행이라고 한다.

형상들의 실체화가 상징이라면 언어 관념의 집결체가 이념적인

요소들이다. 아마도 상징이나 이념들이 우리를 움직이는 가장

강력한 힘이 아닌가 한다. 상징의 해석 이념의 틀 안에서

우리는 의미를 구성한다. 그러나 지금은 상징도 이념도 없는

과학의 시대, 기술의 시대에 살고 있다.

하고 싶은 것 실현이 가능한 것, 화폐로 교환이 가능한 것들만이

종착지는 모르고 달리고 있다.

그렇다고 과거로 돌아 갈 수는 없다.

우리는 이제 상이 아닌 상, 말이 아닌 말에서 시작할 수밖에

없는 것 같다.

외디푸스 콤플렉스,

왕의 살해, 신의 육화에

기대해야 할까?

선가에 조사를 만나면 조사를 죽이고, 부처를 만나면 부처를

죽이라고 한다. 의미의 제거가 무슨 의미가 있을까?

의미만 제거되면 실재가 보일까? 있는 것이 있는 그대로 보일까?

의미는 대상과 관념의 소산들이다. 구름이 걷히면 해가 나타날까?

성인은 꿈이 없다고 한다. 미래의 꿈에 초점을 맞추면 현재를

소홀하게 되고 꿈의 인력에 따라 현실이 휘어져 보이게 된다.

현재의 삶을 유예하게 된다. 지금을 바로 비추는

꿈빛이 있을 수 있을까 그런 꿈이라면 꾸어볼만 하다.
논리학에 모순율이라는 것이 있다. 논리에서는 모와 순이
함께 있을 수 없다. 그러나 현실에서는 모와 순이 함께 작동한다.
여기에 따른 것이 배중률이다. 하나가 선택되면 하나는
제외되어야 한다. 나와 너의 경계의 선을 그어야 한다.
그러면 그것을 만들 여지가 없어진다.

그림에는 주제가 되는 상이 있다.
그러나 상만 보지 말고 배경과 함께 봐야 한다.
같은 상이라도 배경에 따라 의미가 달라진다.
동양화에서는 여백의 아름다움을 강조한다.
여백은 사물이 없는 빈 공백이 아니다.
공백은 상이 상일 수 있게끔 작용을 하는 장이다.
조연이 없는 주역은 없다. 이념을 확실시하는 것은 좋다.
그러나 소외된 영역, 가장자리의 희미한 상들에 눈을 두어야 한다.
그런 의미에서 본다면 자본주의는 이념의 체계가 아니다.

소실점은 사라지는 점이다. 공백의 점이다.
그러나 모든 사물들의 위치를 지운다.
소실점은 무한에의 통과점이 아닐까?
우리는 유한에서 유한을 본다.
그러나 소실점이라는 점을 지난다면 무한의 빛에 비춰진
사물들을 볼 수 있지 않을까한다.

장場의 논리

허공의 집

박진형

허공의 거미줄에 맺힌
물방울 속에 眞空妙有 있다

허는 허이고 공은 공이다
1+1=1이기도 하고 3이기도 하다
음과 양이 만나 하나의 사물을 만든다*

거미줄에 걸려
옴짝달싹 못하는 풍뎅이처럼
적멸탑 아래 허공 밀고가는
놋쇠 풍탁처럼

刹那生 刹那滅

어디에서 도를 구할꼬

*종림 스님 글에서

공적인 것에 접근하기에는 장적인 개념만한 것은 없는 것 같다.

공과 유의 중간지점이랄까? 장에는 공적인 요소도 있고

색적인 요소도 있다. 공의 위치를 어디에 두는 것이 좋을까?

있다와 없다. 이다와 아니다의 어딘가에 있을 것 같은데…….

공이라는 영역을 어디쯤 위치시켜야 할까?

있다 없다. 이다와 아니다. 아니면 0과 1의 사이.

사실 공은 색과 대가 되는 말이다.

색은 심과 대가 되고, 공은 비식비심의 법일까? 공이라는 말은

한역에서 무, 아니면 허로 번역되었다. 따라서 유와 무의 선에서

공을 바라보게 되고, 공은 무라는 비유의 영역에 속하게 된다.

유적인 것을 소거하는데 방향을 정하게 된다.

송곳을 꽂을 한 치의 땅도 있어서는 안 된다.

그러나 우리는 색을 통해서 공을 보고, 공은 색을 통해서 현현한다.

유에서 무를 보는 눈은 그렇다치고 무에서 유를 보는 눈은 어떨까?

조금은 아득해진다. 그래서 진제과 속제의 이원으로 나눌 수 밖에 없었는지도 모른다.

공이 가지고 있는 비와 불적인 성격 비유 비존재로서의 요소다.

아닌 것으로 있는 것일까, 아님으로서 이다일까.

반야부나 금강경의 입장인 것 같은데……

어느 방향으로 잡는 것이 유리할까.

있다와 없다의 선이라면 무에 진입될까.

이다와 아니다의 선이라면 신적인 초월의 세계에 이를까.

공은 글자대로라면 비다라는 뜻이다. 공은 무가 아니다. 공백이다.

빈 것이다. 비었다라는 영역은 있다. 없다라는 선이나

이다, 아니다라는 선과는 다른 것 같다.

불교의 시작은 연기이다. 연기는 변화와 관계의 입장이다.

있는 것에 대하여 창조주에 의해서 만들어진 것이라고 보는 것이

인도의 전통사상이고 이 세계는 여러 원소들의 집합으로

이루어진 것이라고 보는 부류의 사상도 있었다.

있는 것이 무엇인가라는 것이 존재론이라면 불교는 존재론이 아니다.

무엇이다라기 보다는 어떻게 있는가를 문제삼았던 것 같다.

연기는 관계다. 연기된 것은 합성된 것이다.

고정불변의 실체가 아니다. 세계는 잠시도 머물지 않는다.

변한다는 것을 모르는 사람은 없다. 변화를 바라기도 한다.

그러나 끊임없이 변하지 않는 뭔가를 추구한다.

무아에 대해서 대아, 진아를 찾는다.

있는 것들에 대하여 본체와 현상, 체와 용으로 구분한다.

현상은 변해도 본체 본성은 변화하지 않는다.

법의 체는 항존한다. 법의 개념들은 확정하고 분류하기 시작한다.

궁극의 점 근원을 설립한다. 심, 식, 진여, 여래장, 불성 등이다.

결국은 하나인 근원으로 돌아가는가.

그래서 공도 만물의 생성 근거로서의 역할을 담당하기도 한다.

근원으로서 궁극적인 어떤 것을 추구하는 것을 기체론이라고 한다.

이러한 기체론적인 입장은 아마도 카오스적인 무나 신적인

초월의 세계에 이르지 않을까 한다. 어째 말이 왔다 갔다 하는

것 같다. 의도는 공을 무적인 것에 침잠시키지도 않고 신적인

초월의 세계로 넘어가지도 않고 이 세계에 위치시키는 것이다.

지금까지 한 이야기에는 전제가 있다. 있는 것들의 조합만으로는

안 풀리는 문제가 있다는 것이다. 그래서 무적인 것이나 초월적 어떤

것을 끌어들이게 되는 것이다. 무적인 세계에서는 문제는 사라진다.

그러나 돌아오는 길이 막막해진다. 생기와 같은 다른 어떤 것들의

도움을 필요로하게 된다.

초월적인 것은 불확실한 이 세계에 확실성을 강요한다.

불확실에 불확실을 더하는 셈이다.

공은 중도다. 중도는 비유 비무로 표현된다.

있다와 없다라는 선에서 있는 것도 아니고 없는 것도 아니라고,

아니다라고 밖에 말할 수 없었는지도 모른다.

만일에 공을 0과 1의 사이에 위치시키고 공을 공집합이라고

한다면, 아니다가 아니라 이다라고 말할 수 있을 것 같다.

공과 집합과 무한을 하나의 선 위에 놓을 수 있을 것 같다.

공집합은 요소가 없는 집합이 있다라는 것이다. 전체는 부분들의
모임과 다르다. 전체는 집합들의 요소가 아니라는 것이다.

부분집합에 공을 포함하고 있고 전체에는 빈 구석이 있다는 것이다.

이것을 반완비된 존재들이라고 한다.

내 속의 나이기보다 전체속의 나이어야 하는걸까?

장이라는 말은 물리학적인 개념이다.

불교에서도 장이나 계라는 말이 있다. 장은 장소 정도의 의미고,
계는 근과 경이 만나서 형성하는 영역 장이라는 뜻이 있다.

안식계, 의식계, 법계 등은 관계의 장이라고 할 수 있다.

물리학에서 전자석의 남극과 북극이 형성하는 자장의 발견을
시작으로 중력장 양자장으로 발전하게 된다. 이러한 장의 개념이
인문학으로 확산되어 생명의 장, 정보의 장 등으로 쓰여지게 되었다.

장은 추상적인 공간이 아니다. 뭔가 작용을 하고 있는 영역이다.

장이 공과 다른 것은 장은 바깥의 경계선이 설정된다는 것이다.

그리고 안은 실체는 아니지만 움직이는 힘이 뭔가가 작용을 하고
있다는 것이다. 관계의 장인 것이다. 실체로서의 존재의 세계가
아니라 관계로서의 장속에 나를 위치시킨다면 세계를 보고
이해하는 방향이 달라질 것 같다.

내가 아니라 가족, 국가, 세계 아니면 미래에 눈을 둔다면
쳐다보는 시각이 달라질 것 같다. 장이 가지는 성격 장의
안과 밖으로 나뉘는 경계의 선, 장 안에서 작용하는 힘을 어떻게

볼 것인가하는 것에 따라 공에 접근하는 방향이 잡힐 것 같다.

우리가 그림을 그리는데 보통은 주제가 되는 것의 형태와 선을 그리고, 색을 칠하고 배경을 그린다. 만일 배경부터 그린다면 배경만 그려질까, 주제는 남아 떨어질까?

눈이 가는 것이 주제일 수도 있다. 놀이마당이나 윤무, 군무에는 주인공이 없다. 극이나 영화에는 주인공이 나타난다. 왜 주인공을 필요로 했을까? 왜 주인공을 중심으로 이야기를 전개하는 걸까? 우리들에게 보여지는 주인공의 빛은 주인공이 발하는 빛일까? 아닐런지도 모른다. 배경의 빛들이 모이는 초점 아니면 반사경 정도일지도 모른다.

실험치적인 이야기, 같은 표정의 얼굴이라도 배경에 따라서 웃는 얼굴이 될 수도 있고 우는 얼굴이 될 수도 있다는 것이다.

논리학에 술어논리학이라는 것이 있다. 대가 되는 것은 명제논리학이고 우리가 일상 쓰는 것은 명제논리학이다.

우리가 쓰는 말은 주어와 술어로 구성되어 있다. 주어는 주체로서의 존재이고 술어는 주체의 작용을 기술한 것이다.

주체는 분할 불가능한 최소 단위의 의미체이고 주체의 작용이 술어라고 하는 주어중심의 사고를 명제논학이라고 한다. 문제는 주어가 가지는 의미체나 지시체로서의 성격이 말과 사물의 관계에서 모순에 봉착하거나 일치하지 않는 부분이 발생한다는 것이다.

주어와 술어의 관계 설정을 어떻게 하는 것이 좋을까?

주어중심의 사고에서는 술어는 주체의 작용이 된다.

주어와 주어 사이의 형식적인 관계를 추구한다.

주체와 주체가 맞부딪치는 모순을 해결하려는 것이
정반합의 변증법적 논리라고 할 수 있다.
기호논리학에서는 명제로서의 주어가 함수 역할을 하듯이 술어도
함수로서의 역할을 담당할 수 있다는 것이다. 주어와 술어가 같은
함수로서의 역할을 하게 된다. 주어중심에서 술어중심으로
중심 이동에는 여러 가지 전제가 있다.
계는 닫친 계가 아니라 열린 계라는 것이다.
명제로서의 주체가 닫힌 계라면 고정불변의 실체가 되어
관계 자체가 불가능해진다는 것이다.
열린 계라면 명제로서의 주체도 분리 가능한 것이 된다.
이러한 것을 불포화 상태라고 한다. 불포화는 불완전성이다.
뭔가로 채워져야 한다.

장은 주어의 입장에서 본다면
술어는 주어의 작용이고 주체의 확산이다. 그러나 술어적인
입장에서 본다면 주체라는 점은 술어들의 집합이 된다.
주체라는 개체는 보편 전체 속의 한 점이 되는 것이다.
내포적인 접근과 외연적인 접근의 차이다.
집합은 공집합이다. 부분집합에도 공이 포함되어 있고 전체집합도
빈 구석이 있다. 전체의 전체는 없다.
술어논리학은 술어적 입장에서 주체를 주체이게끔 세우는 사고이다.
이러한 사고는 고논리 신화적 사고나 상징적 행위에서도 발견된다고
한다. 또 분열증적인 사고에서도 유사한 논리가 작용된다고 한다.

장이라는 개념이 성립하는데는 절대공간이라는 개념의 포기가 있다.
절대공간은 신의 영역이다 부동의 모든 것이 소거된 장은 의미의
장이고 활동의 장이다. 이러한 장을 구체적으로 눈에 보여주는
것이 전자석의 남과 북이 형성하는 전자기의 장이다. 물질이라는
실체를 장이나 파라는 작용의 입장에서 파악하기 시작한다.
장에서 작용하는 힘을 파라고 한다.

파를 전달하는 매체로서 에테르를 가정했으나 증명하지 못한다.
아인슈타인이 빛의 연구에서 빛은 파장으로서의 작용도 하지만
입자로서의 작용도 한다는 것을 발견한다. 입자와 파장은 대립되는
개념이다. 이러한 대립을 해소하기 위하여 장적인 입장이 강화된다.
상대성이론의 발달로 뉴톤의 만유인력이난 중력의 문제를 장에서
파악하게 된다. 중력장에서는 절대공간은 사라지고 상대적인 공간이
된다. 중력의 작용으로 공간은 휘이고, 시간은 속도가 달라진다.
상대론적인 장의 입장에서는 입자도 독립된 입자가 아니다.
입자와 입자간의 상호작용으로 이해되고 입자와 장의 관계가
문제된다. 입자도 불변 요소가 아니다.

장과 장이 만나는 중첩되는 장의 바다에서 반입자가 출몰한다.
찰라생 찰라멸한다. 반입자는 속이 빈 거품같은 것이다.
입자가 될지 안 될지는 아무도 모른다. 불확정적이다. 이제야 장 속의
모든 것이 사라진 공이 되는 건가? 이것을 진공이라고 한다. 공은 공이
지만 뭔가로 가득찬 공이다. 무의 장이라고나 할까?
문제가 해결된 건가? 빈 거품은 어떻게 찰까? 주위의 에너지로서 채워
진다면 입자가 된다. 관찰자의 개입이 영향을 미칠까?

무한 이야기

혜초처럼

박진형

오색 구름 너머 南天竺 있다
법을 구하러 떠난 신라 사내여
타클라마칸 사막 한가운데
동서남북 앞도 뒤도 없다
해도 달도 풀도 꽃도 사람도
아무 것도 없다
어디에다 도를 세울까
적막한 순례길이여

만년설 덮인 수미산을 넘어가는
수천 마리 황새 떼 본다
일남에는 기러기마저 없으니
누가 소식 전하러 계림으로 날아가리*
고향집 저녁밥 짓는 연기 낮게 깔리는
대숲에 날아내리는 까마귀 떼 같이
다시는 돌아갈 수 없는 날의
청람빛 시간이여

*혜초가 남천축국을 지나며 남긴 오언시 가운데 마지막 귀절 '日南無有鴻雁 誰爲向林飛'

무한을 사유하는 데는 역설이 있다.

무한의 문제가 표면에 떠오르게 된 데에는 수라는 존재가 있다.

물론 종교적인 신적인 세계도 있고 무의 세계도 있다.

태초에 빛이 있었고, 말씀이 있었고 수가 있었던 것일까?

무명은 천지의 시작이요 유명은 만물의 어머니라 이름이 없는 것은
존재가 아니다. 수로서 정열되지 않는 것은 있는 것이 아니다.

열 밖에 있는 것은 제외된다.

수의 강력한 힘은 무질서를 질서 지우는데 있다. 이름은 실체와
동일시되고, 수는 상징의 역할을 담당하게 된다. 우리들의 감각이
인지하는 세계는 다양한 형과 색이다. 각각의 형색을 같음과
다름으로 나누고 수와 일대일 대응하여 순서 지우는 것이다.

수는 1에서 시작한다. 1+1은 2, 2+1은 3……이 끝없이 계속된다.

무한에 도달하지는 못하지만 +1로 끝없이 계속된다.

120

이런 것을 가산 무한, 셀 수 있는 무한이라고 한다.

유한이 아닌 무한을 실무한이라고 구분하고,

셀 수 없는 무한이라고 한다.

우리는 유한하다. 유한의 영역에서 규칙대로 움직이면 된다.

그러나 무한이 문제되는 것은 유한의 끝에만 무한이 있는 것이 아니다.

유한의 영역 안에도 무한이 잠재해 있다.

사물과 수가 일대일 대응되지 않는 것이 있다는 말이다.

정수론자들은 일대일 대응을 전제로 하고 있다. 모든 것들은 수로서

표현할 수 있고, 셈할 수 있고, 해를 구할 수 있다고 생각한다.

그래서 정수는 신이 만들었고, 다른 것들은 인간이 만든 것이라고

했다. 그러나 그 완전성에 구멍이 났다.

대각석의 루트($\sqrt{}$)와 원주율 파이(π)이다.

정수로서 표현할 수 없는 수들이 나타난 것이다.

수는 1에서 시작한다. 그 수들의 끝은 오메가(ω)라고 이름하고

오메가들의 집합, 무한집합을 알레프($\aleph$)라고 한다.

수수께끼 하나, 세상에서 제일 큰 수는?

세상에서 제일 큰 수는 없다.

제일 큰 수에 일을 더하면 더 큰 수가 된다.

누군가가 한자 一을 긋고, 세상에서 제일 큰 수라고 말했다.

일자를 반으로 자르고, 또 반으로 잘라간다면 끝이 없다는 것이다.

같은 논법의 제논의 역설이라는 것이 있다. 가장 빠른 아킬레스가

느림보 거북을 따라 잡지 못한다는 것이다.

아킬레스가 한 걸음 갈 때 거북은 반보라도 간다는 것이다.

항상 반걸음은 앞서 있게 된다. 감산적인 사고이다.

감산과 가산 사이에는 0이 있다.

0은 인도에서 만들어졌고, 아라비아에서 수로서 정착되었다고 한다.

가산의 끝에 무한이 있다면 감산의 끝에 무가 있을까?

아무튼 수학에서 0이나 무한이라는 개념을 받아들이는 것을

금기시했다고 한다. 0이 가지는 수가 아닌 것의 속성,

무한이 가지는 역설의 조장 때문이다.

확실성을 추구하는 수학에서 무한이라는 개념을 받아들이는 것은

쉽지 않았지만 종교적 입장에서는 환영받을 만한 개념이다.

신의 속성, 신의 초월성, 완전성을 나타낼 수 있는 개념이기도 하다.

유대 신비주의 전통에 카발라라는 것이 있다.

카발라는 열 개의 고리, 혹은 열 개의 동심원을 상징으로 사용한다.

열 개의 고리들은 세피로트라고 하는데 신의 다양한 속성들을

나타낸다. 그 중앙 빈 공간에 엔소프 신이 있다. 신은 무한하다.

무한한 신에 이르는 길, 무한을 명상하는 체계가 카발라다.

전설에 따르면 랍비 아키바를 비롯한 세 명의 랍비가

무한의 명상에 들어간다. 무한의 빛을 보고 한 명은 그 빛을

감당하기 힘들었던지, 아니면 너무 좋았던지 그 자리에서 숨진다.

한 명은 무한의 빛에서 두 신을 보게 되고 배교자가 된다.

또 한 명은 두 눈을 잃고 미쳐 버린다.

랍비 아키바만이 살아 남는다. 전차의 길이라는 책에서 무한한
신에 다가가는 길을 체계화하여 전해지게 되었다고 한다.

우연의 일치인지는 모르겠지만 근세에 무한의 속성을 추구했던
두 사람 칸토어와 괴델 역시 정신병원에서 생을 마감했다고 한다.

다시 수로 돌아가자.

수는 1에서 시작한다. 그 1은 어디에서 왔을까?

1은 0에서 왔다. 0은 없는 것의 기호다.

수이기도 하고, 수가 아니기도 하다.

0은 없는 것이다. 그러나 집합이라는 괄호가 처지면 1이 된다.

(∅) 없는 것이 아니고 하나라는 1이 된다.

{0(∅)} 다시 중괄호가 처지며 2가 되고 3이 된다.

우리는 보통 1과 2의 사이를 연속되는 수라고 생각한다.

그러나 1과 2의 사이에는 무한한 유리수도 있지만 무한한 무리수도
있다. 구멍이 숭숭 뚫려있다는 말이다.

루트($\sqrt{}$), 원주율(π), 대각선 수들이다. 1에도 속하지 못하고 2에도
속하지 못하는 절단 수들이다.

무한은 유한의 끝에만 있는 것이 아니라 유한 속에도 잠재되어
있다는 것이다. 셈해지지 않을 뿐이다. 하나의 선에 있는 점들의
수와 사각의 평면에 있는 점들의 수가 일대일 대응의 규칙에
따른다면 같다는 것이다.

0과 1 사이의 점들이 X, Y 좌표상에 표현될 수 있다는 것이다.
수학의 난제중의 하나, 원을 사각형 안에 넣기라는 것이 있다.
그러나 불가능하다.
파이(π)라는 점이 사각형 안에는 없기 때문이다.
이제까지 무한을 비롯하여 표현할 수 없는 결정되지 않은 것들에
대하여 이야기했다.
1+1=2 일까, 1+1은 2다. 그러나 전제가 되는 조건과 규칙이 있다.
전제나 규칙이 바뀌면 해도 달라진다.
옛말에 콩 한 말에 조 한 말을 넣으면 두 말이 안 된다고 했다.
유가 다르던지 화학적인 반응을 한다면 2가 안 된다.
전제가 바뀌는 극적인 경우는 평면기하학에서 곡면기하학으로
전환되는 과정들이다. 유클리드 기하학은 평면상에 세워진 기하학이다.
직선의 개념, 삼각형의 내각의 합은 180도라는 것,
평행선은 영원이 만나지 않는다는 몇 가지 공리가 있다.
이러한 기하학이 이천여 년을 지배했다.

18세기 무렵 가우스는 이러한 공리가 증명될 수 없다는 것을
깨닫는다. 세계가 지구와 같은 원형의 곡면이라면 직선은 없고
곡선만 있다. 삼각형의 내각의 합은 180도 보다 커진다.
평행선은 극에서 만난다. 이러한 평행이 아닌 곡면들에 대한
생각을 가우스뿐만 아니라 보여 이 로바쳅스키도
거의 동시에 하였다고 한다.
그러나 세 사람 다 생전에는 인정받지 못하였지만

비유클리드 기하학이라는 새로운 기하학이 시작되었다고 한다.

무한은 유한이라는 말의 상대적인 개념이다.

유한의 끝에 무한이 있을까? 무한이 유한의 끝에 있다고

가정한다면 유한과 무한은 둘로 나뉜다.

무한은 신적인 것의 영역이 되고 유한은 인간의 영역이 된다.

아마도 이것은 직선적인 사고의 결과로 나타난 것 같다.

그래서 유클이드 기하학의 공리와 신의 약속이 양립하게 되는 것이다.

동양에는 무한보다 극이라는 개념을 선호했던 것 같다.

음과 양은 0을 경계로 나누어지고 극에서 만난다.

음양은 극에서 화한다. 신화, 무화, 물화 등 음과 양은 태음, 소음,

소양, 태양의 사상을 생한다. 직이 아닌 곡이고, 원이라는

순환의 의미가 강하다.

직과 곡이라는 전제의 차이가 그려지는 세계를 다르게 한다.

역에 가족관계 역설이라는 것이 있다. 부는 양이고, 모는 음이다.

아들과 딸들은 음양이 전환되어 아들은 모계에 딸은 부계에

정열되어야 한다. 그런데 장남과 장녀가 갈 곳이 없다.

효를 변화시키던지 괘를 바꾸어야 하는데 그러면 일관성을 잃게

된다. 이러한 모순을 푸는 것이 사, 즉 점이다. 말로 메워야 한다.

인간은 생물학의 눈으로 본다면 동물군에 속한다.

본능의 체계에 의하여 움직인다. 동물 치고는 허약한 동물이다.

유전자의 복제을 위한 도구일까, 아니면 다른 체계를 필요로 했던걸까?

구원을 위한 신들의 약속 아니면 생존을 위한 타부 금기의 규칙일까?
민족이라는 피 이념이라는 별 혁명의 열정들이 우리들의 행위를
규정지을까? 우리는 일단 관습이나 실정법에 의해서 움직인다.
가다보면 문제에 부딪친다. 규칙을 강화한다.
제외되는 것들이 많아진다. 규칙을 바꾼다.
그래도 마찬가지다. 위기의 순간에는 판을 바꾸어야 한다.
새로운 틀을 구성해야 하는 것이다. 새로운 틀을 구성하는 것이
신의 뜻이 아니라면 우리가 가지고 있는 것은 언어 논리수들이다.
새로운 틀을 만드는 데는 기본적으로 사물들이 위치가 문제되지만
사물들의 위치를 규정하는 것은 언어의 체계, 논리의 체계,
수들의 체계이다.

언어의 체계에서는 말들이 가지는 의미의 다양성이 문제가 된다.
언의의 한계가 세계의 한계라고 말하고 말을 정화함으로서 세계가
질서지워질 것이라고 생각한다. 그래도 말은 말이다. 그래서
말에서 시작하지 말고 사물에서 시작하라고 했던가.
논리와 수는 형식적인 체계를 추구한다. 말의 의미나 내용을 문제
삼는 것이 아니라 형식적인 관계를 문제 삼는다.
형식화는 확실성을 보증한다. 세계가 있는 것들의 일대일
대응관계라면 완전한 틀을 구성하는 것도 가능하다.
그러나 일대일 대응이 되지 않는 것들이 있다.
힐베르트의 계획이라는 것이 있다.
완전한 형식체계로 수학의 기초를 놓는 일이다.

그러나 괴델이라는 이상한 사람이 나타난다. 괴델의 불완전성의 정리는
어떤 체계던 그 체계로서는 긍정인지 부정인지를 결정할 수 없는
명제가 있을 수 있다는 것이다. 또 그 체계가 완전하다는 것을 그
체계 안에서는 증명할 수 없다는 것이다. 잘은 모르지만 수학적으로
증명된 것이라고 한다.
결론은 모순이 없는 완전한 체계는 있을수 없다는 것이다.
완전한 체계에 대한 꿈을 버려야 하는걸까?
체계로서는 접근할 수 없는 어떤 것이 있다.
결정되지 않은 결정할 수 없는, 이다 아니다라고 말할 수 없는 어떤 것
이 있다. 있다라는 것은 무슨 뜻일까?
무한이라면 무한의 조각들이 있다라는 것이다.
무한을 이것이라고 한계지우는 것이다.
이것이 말이나 수들이다.

공집합은 원소가 하나도 없는 집합이다.
집합의 원소도 부분집합도 전체집합도 공집합을 포함하고
있다는 것이다. 계산되지 않을 뿐이다.
공집합을 계산에 넣는다면 전체의 전체는 없다.
존재의 빈 구석이 있다. 있다는 것을 집합이라는
괄호가 지워진 것일 뿐이다.
1에다 무한을 더해도 무한이 된다.
무한에다 1을 더한다면 무한일까,
아니면 새로운 무한이 생성되는 것일까?

산다는 것

그냥 나
—일사 석용진 선생에게

박진형

오밤중 문득
잠 깨어 시 쓴다

그 짓 또한 심드렁해져
먹 갈고 난을 치면

은하수밤 끼룩이며 건너는 기러기 한 줄

꽁무니 따라 가는 마음 곁에

난은
그냥 풀

또한
그냥 나

사실은 공의 눈으로 보여진 공의 빛에 비춰진 세계를
그려보고 싶었다. 그러나 공에는 없는 세 개의 점을 찍게 되었다.
공집합, 대각선, 소실점이다. 세 개의 점은 공의 그림자일지도 모른다.
세 개의 점이 지향점이 될 수 있을까? 무와 유, 공과 색의 연결고리
중간 다리의 역할을 담당할 수 있다면 하는 기대다. 공적인 것과의
만남이라면 살아볼만한 세계가 아닐까 한다.
무와 유, 공과 색은 동전의 양면과 같은 것일까?
하나가 나타나면 하나가 사라진다. 직선적인 사고라면 영원히
만나지 못할지도 모른다. 원적인 사고라면 만날 수 있을까?
공즉시색, 색즉시공이라고 하지만 공과 색 사이는
너무나 멀기만 하다. 그래서 공은 무도 아니고, 유도 아니라고
밖에 말할 수 없었는지도 모른다.

있다고 해도 걸리고 없다고 해도 걸린다. 중간 제 삼의 것,

이건 더 말도 안 된다. 개구즉착, 말을 붙이지 말아야 할까?

비유, 비무의 중도는 아닌 것으로 있는 것일까?

엉뚱한 생각을 하게 한다.

진여와 불성과 같은 신적인 본성론으로 돌아가야 하는가.

비유와 비무는 부정적인 표현이다.

그러나 0과 1은 같은 있다와 없다를 표현하지만 긍적적인 개념이다.

아니다 보다 이다라는 긍정적인 표현이 논의를 전개하는데 훨씬 쉽다.

공을 이해하는데 유와 무라는 추상적인 개념보다는 0과 1이라는

개념이 유리할 수도 있겠구나하는 생각에서 0과 1이라는

생경한 수학적인 말을 끌어들인 것이다.

0과 1은 컴퓨터의 용어다.

on과 off, 끄다와 켜다를 가리킨다.

0과 1이라는 두 개의 기호로 모든 정보를 기록한다.

0과 1이라는 말을 들었을 때

이거라면 공을 설명할 수 있겠구나 하는 생각이었다.

0은 공과 동의어다.

처음에 한 말.

1에서 시작하지 말고

0에서 시작해라.

1에서 시작한다면 살아도 죽은 송장이다.

0에서 시작한다면 1도 살고, 2도 살고, 3도 살고

01, 02, 03…….
이제 새롭게 시작하자.

공이 존재의 실재상이라면 공집합은 존재의 구조다.

공에서는 그릴 수 없던 그림이 공집합에서는 나타난 것이다.

공집합이 수의 근거 존재의 구조라면 공은 존재의 근거라기 보다는

존재의 바탕이 되는 것이라고 할 수 있다.

바탕은 존재가 아니다. 존재를 있을 수 있게 하는 것이다.

비유하자면 광주리에 사과가 있다 없다고 하지만,

광주리가 있다 없다고 말하지는 않는다.

그렇다고 광주리가 사과의 본체일 수는 없다.

내가 공이라는 말에 눈을 두게 된 것은 유와 무가 아니라

이다와 아니다라고 가르는 선, 갈등의 문제였다.

우리는 보통 관습, 제도, 법, 이데올로기적인 틀 안에서 살고 있다.

물론 국가, 민족, 종교적인 신념등도 있다.

시시비비가 보는 입장에 따라 다 다르다.

그런 시와 비를 판단하는 것이 논리인데 논리는 출발점으로서

언제나 지향점에 대해서는 관여하지 않는다.

논리는 논리라는 잣대는 바르지만 눈먼 봉사다. 이다, 아니다만

가리는 형식논리학의 맹점이다. 숨통을 트이게 하는 것이 변증법적인

논리다. 헤겔은 물론 불교의 논리학에서는 사구백비라고 한다.

이다, 아니다를 가르는 선보다는 이것과 저것의 관계에 눈을 두게 되고

관계적 입장에서 세계를 해석하기 시작한다.

토인비의 역사의 연구, 프롬의 사회심리학, 에드워드 윌슨의

사회생물학까지 연기를 이것과 저것의 관계로 해석한다면

이것과 저것이 문제가 될 수도 있다.

관계의 관계로 무시무종 끝없이 이어질 수밖에 없다.

현상계를 설명하는 논리다. 존재론이라고 하기에는 뭐하다.

불교에는 존재론이 없다. 찰라생, 찰라멸 정도일까.

존재론적인 정지점이 필요했던 것 같다. 공, 공집합으로 이어지는,

정지점이 없으면 계산이 불가능하다.

세계를 보는 눈 해석하는 것과 자신의 갈등 문제를 해결하는 것은

다른 것 같다. 아무리 세계를 쳐다봐도 자신의 욕망 괴로움을

벗어날 길이 없다.

불교에서는 생사의 문제를 해결하는 것을 일대사라고 한다.

그런데 나의 문제는 이상과 현실의 갈등이었다.

이상과 현실의 차이 간격이다. 당연이 이래야 한다고 생각하는데

현실은 그렇지 못하다는 것이다.

세상을 바꿔 혁명을 해야 하는데 국립도서관에서 처음 본 것이

공산주의, 사회주의의 이념 서적들이다.

당연이 금서목록들인데 비판서를 통해 유추했을 뿐이다.

세계를 바꾸는 혁명은 불가능 아니면 아닌 것 같다는 생각에서였을까?

그래도 괴롭다. 세계를 바꾸는 것이 불가능하다면

나 자신만이라도 이 세계에서 벗어나고 싶다.

노자, 장자의 도가에 기웃거린다. 신선이나 될까.
신선이 되어 하늘을 날아도 언젠가는 땅에 떨어질 것 같다.
세계가 틀린 것 만큼이나 나 자신도 엉망진창이다.
욕망 따로, 생각 따로 그래도 세계는 돌아간다.
어떻게 해야 할까? 이것을 이것이다라고 개념화하여 지칭하면
이것 아닌 것은 배제된다. 절대 실체가 아니라 상대 관계로서
세계를 바라본다면 조금은 편해질까?

노장의 제물론, 불교의 불이의 논리, 베다의 범아일여 사상을
정리하기 시작한다. 학자나 될까? 그런데 학문에 필요한 기본적인
소양을 전혀 갖추지 못한 것 같다.
출가나 할까? 탈출로가 될까?
그러나 지금까지 꾸어온 꿈들은 접는 일은 쉬운 것이 아니었다.
절집에 와서 처음 느낀 것은 이 동네도 역시
사람 사는 동네구나하는 것이었다.
아무튼 이리저리 떠돌다가 10여 년을 지났다.
어쩌다가 나를 사막 한가운데 두게 되었다.
길도 없고 집도 없고 나무도 없다.
동서남북도 없다. 아무것도 없다.
이것이 공일까?
아마도 얽히고 설킨 관념들 의미의 제거가 아닌가 한다.
시시비비가 있을 리 없다.
나의 속을 부글거리게 하던 문제 자체가 해소된 것 같다.

아, 이제야 나를 아무데나 세워도 세울 수 있겠구나!

선원을 나오게 된다.

0에서 시작하자.

새로운 시작이다.

인간이라는 종은 허약한 동물군에 속한다.

사람 노릇을 하는데 최소한 20여 년은 걸린다.

동물 치고는 이상한 동물이다.

본능의 체계대로만 살면 아무 문제가 발생하지 않는다.

그런데 인간의 생존에 더 많은 영향을 미치는 것은 관념의 체계다.

더 이상한 것은 관념적인 체계가 잘 작동하지 않을 때

본능의 체계로 돌아가려 한다는 것이다.

이러한 경향을 도피의 메카니즘이라고 한다.

생물학적인 유전자는 복제의 기능을 가지고 종을 유지시킨다.

유전자의 기능이 가지는 종의 유지를 위한 필연의 결과도 중요하지만

변종이 가지는 우연적인 결과에 대해서도 눈여겨 봐야한다.

유전자간에 끊임없이 분리 결합이 이루어지고 오류도 발생한다.

살아 남는다면……. 이러한 변종이 진화의 원인이 된다.

환경이 변화하면 유전자형의 발현도 달라진다.

무엇이 어떻게 변할지는 아무도 모른다.

인간은 사회적 동물이다.

집단을 벗어나서는 생존이 거의 불가능하다.

인간의 욕망은 재, 색, 신, 명, 수로 분류하기도 한다.

욕망의 선도 있고, 삼강과 오륜이라는 규범의 선도 있다.

욕망과 규범 질서만 있는 것은 아니다.

운도 있고, 복도 있고, 덕도 있다.

운은 계산되지 않은 것이고, 복은 인과의 논리와는 다르다.

덕은 시비의 분별이 아니다.

중생은 업생이고, 보살은 원생이라고 한다.

업은 행위의 결과이고, 원은 자신을 위한 것이 아니라 타를 위한

어떤 것이다.

위하여라는 말을 쓸 때는 조심해야 한다.

자칫하면 작의가 개입하기 쉽다. 위는 좋은 일이기는 하나

반드시 옳은 것은 아니다.

사회라는 집단의 질서를 유지하기 위해서는 관습, 제도, 이념 등과

같은 것이 있어야 한다. 이러한 것들이 가지는 가치나 의미는

초월적인 어떤 것에 근거를 두고 의미부여를 한다.

천명일까, 아니면 본성일까, 아니면 도일까?

우리들에게 삶의 의미를 부여해주던 근거들이다.

자연과의 합일, 안온한 신들이 품속, 이데올로기적인 이념들이

사라졌다. 아니 사라진 것이 아니라 영향력을 행사하지 못하고

아련한 꿈들로 남아 있을 뿐이다. 관념의 유전자도 진화한다.

과학이 왕국의 왕으로 등극한다. 과학은 자연을 정복하였고

관념들의 세계를 추방하였다. 신화의 세계에서는 신적인 어떤 것에

의해서 사물이 배열되었는데 관념의 세계에서는 관념적인 체계에
따라 의미가 부여된다. 과학의 세계에서는 사물의 체계에 따라
모든 것이 평가된다.

관념의 체계에서 사물의 체계로 전환된 것일까? 과학적 기술의
영향력이 확대되어 가고 있다. 사물이나 과학은 가치중립이다.
기술에는 가능, 불가능 뿐이다.

그러나 과학의 소산 기술은 화폐에 봉사할 뿐이다.

자본주의는 이념이 아니다. 선과 악이라는 기준선, 궁극적
지향점이 없다는 것이다.

과학의 윤리라는 것은 과학에 위치를 부여해주는 일이다.

기술 문명는 인간의 생존 자체를 위협할 정도로
막강한 힘을 가지고 있다. 자연환경의 파괴뿐 아니라 마음만 먹으면
무엇이라도 할 수 있다. 이것보다 중요한 것은 사물의 체계와 의미의
체계와의 분리가 아닌가 한다.

이러한 분리가 인간의 영혼을 병들게 하는 것 같다.

분리될 수 없는 것을 분리시킴으로서 인간은 자동인형일까?

물리나 생물학적인 입장이라면 그렇다고 말할 수 있다. 그렇다면
삶의 의미 따위는 개입할 여지가 없다.

인간은 기계 치고는 불완전하다. 어설프다.

빈 구석이 있다. 그 빈 구석 공백을 채워가는 것이
우리가 해야 하는 일이 아닐까 한다.

그래서 대각선, 소실점이라는 두 개의 점을 설정한 것이다.

대각선은 역의 논리다. 사물과 수가 만나지 않는 선이다.
사물과 수가 나뉘기 전 미분의 점을 출발점으로 삼은 것이다.
소실점은 작도의 기준이 되는 점이다.
모든 것이 사라지는 점이기도 하다. 모든 것을 위치 지우는
점이라는 의미에서 지향점으로 설정한 것이다.
출발점과 지향점은 설정했지만 가는 길과 방법은 주어진
조건들에 따라 달라질 것 같다. 그래서 언급하지 않았다.
끝으로 존재의 빈 구석 공적인 것들에 대한 이야기는 많다.
집도 절도 없는 내가 떠도는 것에 지쳐 어딘가에 안주하기를
바라는 걸까? 이야기를 들을 생각을 안 한다.
신은 죽었다에서부터 형이상학적인 하나는 없다에 이르기까지
아무리 완벽한 체계라도 결정되지 않는 부분이 있다.

불완전성의 논리다.
집합론에서는 전체의 전체는 없다고 선언한다.
반입자가 입자가 될지 말지는 관찰자의 개입이 영향을 미칠까?
시인이 무언의 카오스 속에서 말의 실타래를 뽑아내듯이
존재의 빈 구석 공백은 저주가 아니라 축복일 수도 있다.
백지에 그림을 그리듯 공적인 것들과의 만남이라면
한번쯤 살아 볼만도 할 것 같다.
01, 02, 03…….

空에 대한 단상들

초판 1쇄 2020년 9월 23일
초판 3쇄 2024년 5월 30일

지은이 / 종   림
펴낸이 / 박 진 환

펴낸 곳 / 만인사
출판등록 / 1996년 4월 20일 제03-01-306호
주소 / 41960 대구광역시 중구 명륜로 116
전화 / (053)422-0550
팩스 / (053)426-9543
전자우편 / maninsa@hanmail.net
홈페이지 / www.maninsa.co.kr

ISBN 978-89-6349-150-9 03810

값 13,000원